29.10.13

Für Kathrin

[illegible]

Frank Spilker

Es interessiert mich nicht, aber das kann ich nicht beweisen

Roman

| Hoffmann und Campe |

1. Auflage 2013

www.hoca.de
Satz: Pinkuin Satz und Datentechnik, Berlin
Gesetzt aus der Candida Std
Druck und Bindung: Friedrich Pustet, Regensburg
ISBN 978-3-455-40366-4

HOFFMANN
UND CAMPE

Ein Unternehmen der
GANSKE VERLAGSGRUPPE

Oh, the skipping beats of confidence.
And the drum roll that you thought you could play.

Sondre Lerche

1

Klick.

Der Raum riecht unangenehm. Es fällt vor allem dann auf, wenn man gerade hereingekommen ist. Nach einer Weile hat man sich an den Geruch gewöhnt und nimmt ihn nicht mehr richtig wahr. Trotzdem kann man wohl sagen, dass es hier stinkt.

Das war auch schon bei unserem ersten Besichtigungstermin mit Schröter so. Er stand da in seinem blauen Overall, ein Bild von einem Hausmeister, und hat das Problem klein geredet: »Da muss mal jemand was verschüttet haben, das ist aber keine große Sache, Sie müssen das nur mal gründlich reinigen, dann ist das weg.« Haben wir gemacht. Nach einem Monat haben wir einen neuen Teppich verlegt. Und als der Gestank nach zwei Monaten immer noch nicht verflogen war, haben wir den Belag unter dem Teppich vollständig entfernt und den Betonboden mit einer Zahnbürste gereinigt. Doch der Geruch kehrte zurück, wie der Fleck von dem Gespenst von Canterbury.

Wenn die Fenster im Sommer geöffnet sind, klappern die billigen Aluminium-Jalousien, weil die an dem Gebäude vorbeirauschenden Lastwagen die Luft draußen immer in Bewegung halten. Jetzt im November schaukeln die Plastiklamellen nur noch träge in der aufsteigenden Warmluft der Heizung, die uns langsam, aber sicher die Haut austrocknet.

In unseren Räumen, die sich in unmittelbarer Nachbarschaft zu dem von Schröter betriebenen Swinger Club befinden, wird Kreativarbeit geleistet. Überall liegen halb ausgepackte Kartons herum, Denkmäler begonnener, nicht zu Ende geführter Projekte, *work in progress*. Arbeiten, die von einer anderen neuen Idee, einem hereinkommenden Kurier oder einem Telefonklingeln unterbrochen wurden und teilweise nie wieder aufgenommen worden sind. An ein paar »Awards« genannten Auszeichnungen, die irgendwo in der Ecke herumstehen und in ihrer Verstaubtheit leicht mit Lebensmittelresten verwechselt werden könnten, kann man es auch erkennen.

Zwei Meter von mir entfernt, an einem der Tische, die in dem schlauchförmigen Raum hintereinander an der großen Fensterfront entlang aufgestellt sind, sitzt Caren. Wie fast immer sieht man von ihr nicht mehr als die Haare, unter denen sie den ganzen Tag in höchster Konzentration verbringt. Während sich die meisten anderen hier den Großteil ihrer Zeit unterhalten, redet sie so gut wie gar nicht. Irgendwann gegen Abend zieht sie dann immer ein paar fertige Illustrationen unter ihren Haaren hervor. Es ist beinahe so, als würde sie ihr ganzes Leben in einer Art Trance unter der Frisur verbringen. Sie geht nicht aus, nicht mit uns essen und scheint

an menschlicher Gesellschaft generell nicht interessiert zu sein. Niemand hat davon gehört, dass sie irgendwelchen Freizeitaktivitäten nachgeht. Ihre ganze Erscheinung ist von der Aura eines unergründlichen Geheimnisses umgeben.
Es macht ein Geräusch, als ob jemand in einiger Entfernung eine winzig kleine Papiertüte zerknüllt. Wieder fällt ein Blatt. Unten am Fuß des vernachlässigten Ficus benjamina hat sich schon ein ziemlich großer Haufen gebildet. Altes Laub, das vom Vergehen der Zeit erzählt.
Klick.

Eine Treppe windet sich in Spiralen um den mächtigen Stamm der Pflanze. Oben führt eine Hängebrücke in den Dachgarten des Ficus. Eine Hollywoodschaukel steht hier auf einem provisorisch eingezogenen Boden aus Bast. Direkt daneben schwingt eine Hängematte im Wind. Alles sieht recht wacklig aus. Ich entscheide mich für die Hollywoodschaukel. Insekten schwirren in der heißen Mittagsluft. Es riecht nach Wildblumen. Ich blicke auf eine sonnendurchflutete Waldlichtung, an deren Rand einige weiß angestrichene Gebäude mit Arkaden und Säulen stehen. Aber schon wölbt sich die Erde unter mir und hebt mich in meiner Schaukel hoch über die Baumwipfel, sodass sich auf einmal das ganze bewaldete Tal vor mir ausbreitet.

Klick.
Ich habe es mir abgewöhnt, sinnlos im Internet herumzuklicken, wenn ich mich geistig verabschieden will. Seit einiger Zeit benutze ich dafür einen Kuli, den ich

an mein Ohr halte, um das Geräusch ganz nah bei mir zu haben. So wie den Zipfel der Bettdecke, das Stofftier oder das Halstuch, das nach Mutti riecht, irgendetwas Vertrautes, das beruhigend wirkt.
Klick.
Klick.

Die billigen Büromöbel, die seit Jahren dringend fällige, aber nie ausgeführte Renovierung und der allgemeine Zustand des Büros weisen auf eine schlechte Auftragslage hin, beziehungsweise darauf, dass wir viel zu oft für Auftraggeber arbeiten, die kein Geld haben. Ganz am Anfang war das sogar gut so. Wir haben mit unseren spontan zusammengeklebten und lächerlich einfachen Ideen eine Menge Wirbel gemacht. Wir sind aufgefallen mit Plakaten und Plattencovern für befreundete Musiker und Performance-Künstler, und das hat für einige von uns eine Zeit lang eine wahre Auftragsflut ausgelöst. Die meisten haben dann aber lieber weiter für den Kulturbereich gearbeitet, anstatt ihre Arbeiten unter den Schriftzug irgendeines großen Getränkeherstellers zu setzen. Der hat dann eben einfach andere Leute gesucht, die das gemacht haben.
So oder so ähnlich ist das bei uns hier gelaufen. Alle haben so eine Neigung, einfach nicht aufzumachen, wenn das Geld vor der Tür steht. Vielleicht ist es ihnen zu langweilig, einen leichten Job zu machen. Lieber denken sie sich was Neues aus. Was Tolles zum Spielen, das glitzert und einem die Freudentränen in die Augen treibt. Egal ob der Kunde das bezahlen kann oder nicht. Ich habe das Gefühl, dass die meisten hier nur gelandet sind, weil sie woanders gar nicht funktionieren würden.

Außerdem habe ich das dumme Gefühl, dass das für mich ganz besonders gilt.
Unsere Untermieter fangen gerade wieder an, ihr Equipment einzurauschen. Tatsächlich war es einer der beiden Musikproduzenten, der diese Immobilie hier entdeckt hat. Das Gelände ist zwar etwas abgelegen, aber auch nicht wirklich weit draußen. Die unmittelbare Nähe zu einem Bahndamm und einer viel befahrenen Straße macht es wohl für andere Mieter unattraktiv, weshalb es überraschend günstig war, erst recht, wenn man die Größe bedenkt. Für ein kleines Tonstudio, das nicht einmal einen Regieraum benötigt, weil sämtliche Klänge elektronisch erzeugt werden, natürlich viel zu groß. Also haben sich Dimitri und seine Jungs so eine Art Kreativzentrum ausgedacht, in dem wir – ich und das lose Netzwerk von Grafikern und Fotografen, das man auch eine Firma nennen könnte – einen wichtigen Baustein übernahmen: den des Hauptmieters der größten Fläche und des für die Mietzahlungen Verantwortlichen. Durch diese Aktion ist aus der kleinen Hinterhofwerkstatt erst so etwas wie eine offizielle Adresse geworden.
Leider ist mein Verhältnis zu Dimitri mittlerweile zerrüttet. So sehr, dass kaum noch Absprachen möglich sind, weder was die Lautstärke noch was die Mietzahlungen angeht. Das hat nämlich niemand bedacht, als wir hier einzogen: dass aus Musik einfach nur Lärm wird, wenn man sie oft genug wiederholt.
Klick.

Unter dem Computermonitor gähnt eine Leerstelle – der Platz, wo das Bild von Andrea stand. Andrea, die sanftmütige Verflossene. Die mit den weichen Haaren und dem angenehmen Geruch. Andrea, die dumme Kuh. Außerdem liegen dort einige Visitenkarten herum: *Thomas Troppelmann – Tropical Design*. Thomas, der Trottel.

2

Es heißt, dass man ungefähr die Hälfte der Zeit, die eine Beziehung gedauert hat, dafür braucht, um sich abzunabeln. Und alte Menschen kommen gar nicht mehr los von denen, die sie verloren haben, selbst wenn sie es möchten. Aber was bedeutet das schon, »sich abnabeln«?

Nicht mehr zu trauern?

Es kommt immer wieder, in heißen Schüben, die nicht zu verdrängen sind. Ein Bild von Andrea, der Klang ihrer Stimme, ihr Lachen auf dem Anrufbeantworter, das ich endlich mal löschen muss – irgendein Detail ihrer Präsenz schleicht sich in das Bewusstsein, und der Schmerz ist wieder da. Heiß und flammend für einen Moment, vielleicht sogar für eine ganze Weile. Jede Ablenkung ist hilfreich, auch wenn es keine Situation gibt, in welcher der Schmerz nicht seinen winzigen, bohrenden Durchschlupf fände.

Dauernd diese Bilder: Sie fährt auf dem Fahrrad vor mir her. Eine Anhöhe, Gegenwind, eine Abfahrt. Es beginnt zu regnen, wir hocken unter einem ausgebreiteten Mantel und warten darauf, dass der Regen nachlässt. Sie sitzt mir in der U-Bahn gegenüber und lächelt, gleich steigen wir aus. Es riecht nach London. Am schlimmsten ist der Klang ihrer flüsternden Stimme ganz nah an meinem Ohr. Wenn diese Erinnerung kommt, erwischt es mich immer mit voller Wucht.

Klick.

Es wird seltener, aber nicht schwächer. Sie ist wie ein Monument, das ich zwanghaft umkreisen muss. Irgendwann werde ich eine Ausflucht finden, aber das wird noch eine ganze Weile dauern. Eigentlich besteht mein ganzer Tag aus nichts anderem, als einen Weg zu suchen, der mich vom Denkmal entfernt. Der ganze Sinn und Zweck meines Daseins ist es, etwas nicht zu sehen.

Ein Kurier kommt herein, lässt etwas auf meinen Schreibtisch fallen und ist schon im Begriff, wieder zu gehen, dreht sich aber in der Tür noch einmal zu mir um.

»Ey, Troppelmann, was machst du gerade?«

»Ich starre die Wand an.«

Wahrscheinlich kenne ich den Typen irgendwoher, ich kann mich aber nicht an ihn erinnern.

Er kichert wie über einen tollen Witz. »Groß, echt groß. Und heute Abend?«

Jetzt erkenne ich das Gesicht doch wieder, es gehört irgendwie zum Nachtleben. »Weiß noch nicht, vielleicht starre ich einfach weiter die Wand an.«

»Irgendwann musst du mal hier raus. Wir legen heute Abend in der Hamster Bar auf, komm doch vorbei. Da kannst du auch die Wand anstarren.«

»Wow, klingt toll. Aber wer ist wir?«

»Willi, mein Kollege, und ich. Wird voll.«
Ich gestikuliere vage, dass ich darüber nachdenken werde, und deute eine Bewegung des Aufstehens an, um ihn loszuwerden. Er legt mir noch einen Flyer hin, sodass ich eine Chance habe zu erraten, wie sein DJ-Name lautet. Der andere Typ auf dem Foto muss Willi sein.

Mein Blick schweift über das Tal mit dem endlos scheinenden Wald. Von einem Bachlauf, der sich zwischen zwei Hügeln ins ferne Flache windet, führen Wege die Hänge hinauf. Dort stehen Häuser, die auch eine Modelleisenbahn schmücken könnten. Eine Gruppe von Kindern geht den Bach entlang auf eine Kirche zu, die in einiger Entfernung den Mittelpunkt eines Ortes markiert. Es sind Pfadfinder oder etwas Ähnliches. Sie marschieren in Zweierreihen und tragen rote oder blaue Hemden sowie Halstücher. Auch ich bin unter ihnen. Ich muss die Hand eines Mädchens halten, das neben mir geht.

Irgendwann im Lauf des Tages sinkt der allgemeine Blutzuckerspiegel im Büro, und die Arbeit wird fahriger. Ich kann es sehen, während ich mich durch die Reihe der Monitore bewege. Nur wenige schaffen es jetzt kurz vor der Mittagszeit noch, sich zu konzentrieren.
Martin, der einen kleinen Tisch hinten in der Ecke hat und gelegentlich auch in dem Tonstudio arbeitet, sieht wieder einmal davon ab, mich zur Kenntnis zu nehmen. Er ist eigentlich Musiker, der versucht, sich hier ein zweites Standbein zu schaffen. Der große, bullige Typ hat vor einiger Zeit beschlossen, mich zu ignorieren,

obwohl wir mal so was wie befreundet waren. Er ist sauer auf mich und lässt mich das tagtäglich spüren, weil er der Meinung ist, ich hätte ihn unter dem Vorwand, ihm gelegentlich Jobs besorgen zu können, dazu ermutigt, hier seinen Schreibtisch aufzustellen. Die Aufträge hätten sich dann aber nicht eingestellt, jedenfalls nicht in dem Umfang, der die Ausgaben für seinen Arbeitsplatz rechtfertige. Dabei sind die Preise für einen Schreibtisch in unserem Büro wirklich nicht hoch. Seine Laune verschlechtert sich von Tag zu Tag. Er sitzt nur noch seine Zeit ab und hat seit drei Monaten keine Miete mehr bezahlt. Selbst seine Freunde aus dem Tonstudio lassen mich in der Regel nur zwei Monate warten.

Langsam glaube ich, dass Martin vielleicht nur deshalb auf mich sauer ist, damit ich nicht sauer auf ihn sein kann und die Miete einfordere. Es ist ein Appell an mein schlechtes Gewissen. Untervermietung ist der einfachste Weg, Freundschaften zu zerstören.

An den Wänden hängen unsere Werke der letzten Zeit, Plakate von Bands und Werbung für Alben. Außerdem einige Poster von besonders peinlichen Kurzzeitstars mit absurden Frisuren oder Klamotten, die irgendwie aus dem Ruder gelaufen sind. Überbleibsel abendlicher Sektlaunen, kleiner spontaner Partys, die hier in ziemlich regelmäßigen Abständen stattgefunden haben. Von Zeit zu Zeit, aber selten, erbarmt sich mal einer und nimmt die ältesten und schlechtesten Witze von der Wand ab.

Auf der linken Seite meines Schreibtischs hat sich ein ziemlich großer Haufen gebildet: ungeöffnete Briefe, von denen ein Teil aus der Zeit stammt, als ich wegen

Andrea die Verwaltungsaufgaben nicht mehr ernst genommen habe. Ich versuche vergeblich, den Stapel nicht weiter anwachsen zu lassen. Es wird Zeit, dass ihn endlich einer abarbeitet.
Vielleicht fange ich morgen damit an.
Vielleicht aber auch nicht.

Plötzlich wird die Tür aufgerissen und zwei Typen stürmen in den Raum: Dimitri und ein anderer Musikproduzent namens Nick. Im Flur sehe ich Martin unauffällig herumschlurfen. Vor meinem geistigen Auge erscheint eine energische Vorzimmerdame: *Nein, nein – Sie können hier jetzt nicht einfach rein! Herr Troppelmann ist in einer wichtigen Besprechung.*
Lassen Sie nur, Eleonora, ist schon gut, imaginiere ich als Antwort, aber Dimitri und Nick haben sich bereits wutschnaubend vor meinem Schreibtisch postiert. Es fängt mit einer Kunstpause an, weil sie erst mal Luft holen müssen. Dann bricht es aus Nick heraus: »Du bist echt so ein Sack, Troppelmann!«
Diesen Move hat er auch auf der Bühne drauf: Er beruht auf einem unfehlbaren Gefühl für Timing, mit dem man sich Aufmerksamkeit verschafft.
»Was ist denn los?«
Als Antwort bekomme ich ein wildes Durcheinander gleichzeitig hervorgebrachter Versionen eines heftigen Zerwürfnisses. Ich vermute, ein Streit zwischen ihnen und Hausmeister Schröter ist eskaliert. Das nachbarschaftliche Verhältnis zwischen dem Studio und dem angrenzenden Swinger Club war schon immer von Schwierigkeiten getrübt. Da das Tonstudio trotz der an die Wände geklebten Eierpappen immer noch mächtig

Lärm macht, haben sich Schröter und die Techno-Freaks auf bestimmte Zeiten verständigt, in denen man laut sein kann, ohne die sensiblen Gäste nebenan zu verstören. Aber auch das Be- und Entladen des Studios und der rege Besucherstrom stören Schröter zunehmend. Dimitri und seine Kumpels haben eine Gegenstrategie entwickelt, die darin besteht, den Swinger-Club-Betreiber auf die nicht ganz legale Natur seines Geschäfts hinzuweisen. Immer wieder äußern sie Zweifel, ob die älteren Herren, die sein Etablissement besuchen, wirklich alle »Swinger« seien. Das bringt ihn zur Weißglut, aber manchmal auch zum Einlenken.
»Stimmt es, oder stimmt es nicht?«, blafft Nick.

– – –

Ich habe keine Ahnung, was er meint, denn ich habe den letzten Teil ihrer Ausführungen verpasst.
»Na, das mit dem Vertrag – dass der ausläuft?«
»Ach so, du meinst unseren Mietvertrag? Ja klar, das müsste demnächst so weit sein. Aber der endet sowieso alle fünf Jahre und wird dann immer wieder verlängert, so wie alle Standardverträge für Gewerberäume. Das weißt du doch.« Tatsächlich würde eine erneute Verpflichtung schwerer auf meinen Schultern lasten, als ich ihm gegenüber bereit bin zuzugeben.
»Ja, aber ihr habt ihn nicht rechtzeitig zurückgeschickt!« Mit »ihr« meint er natürlich nur mich.
»Das kann gar nicht sein«, sage ich betont ruhig, kann aber nicht verhindern, dass mein Blick unsicher auf den Stapel ungeöffneter Briefe fällt.
Das wiederum entgeht Martin nicht. Er hat sich lauernd im Türrahmen postiert und sieht in seinem alten Wollpullover aus wie ein zerfledderter Waschlappen mit ste-

chendem Geruch. Bisher hat er nichts gesagt. Doch jetzt nutzt er die Gelegenheit, um mit aller Boshaftigkeit, die ihm zur Verfügung steht, zuzuschlagen. »Ja, wenn man nicht mal mehr seine Post liest …«

3

Ich fühle mich in einer Zahlenreihe gefangen. Vielleicht bin ich die Drei, dann wäre das vor mir die Zwei und hinter mir die Vier. Aber wer ist dann das Mädchen neben mir? Sie trägt ein rotes Hemd, ich trage ein blaues. Ich soll ihre Hand halten, aber das will ich nicht. Ich will auch nicht die Drei sein. Ich möchte nicht mehr laufen. Die Sonne dröhnt über uns in ihrer ganzen Pracht, und unsere Füße wirbeln Staub auf. Auf meinem Rücken hängt ein Sack, dessen Riemen sich immer tiefer in die Schultern graben. Die Staubwolke weitet sich zu einem Sandsturm aus.

Ein Wirbelwind brüllt mich an und klingt wie tausend Stimmen, die durcheinander schreien. Dann plötzlich wie das Kreischen von Affen, in deren Mäuler man Watte gestopft hat. Ich höre das Kampfgeschrei erst nur gedämpft, dann immer lauter. Irgendwann kann ich es nicht mehr ignorieren. Aber erst als ich einen Ruck von der Seite verspüre, wird das Bild klarer. Etwas hat mich

berührt. Ein CD-Regal im Flur ist krachend umgestürzt. Nick hatte wohl das Gefühl, er müsse zum Ausgleich dafür, dass ihm ein Nachteil entstehen könnte, irgendetwas kaputt machen.
Ich brauche zu lange, um mein Sprachzentrum wieder zu aktivieren. Als ich endlich so weit bin, etwas zu erwidern, sind sie längst fort. Das Regal muss wieder aufgestellt werden, es liegt mitten im Gang auf dem Weg zu den Toiletten. Seltsamerweise hat niemand Kenntnis von dem Vorgang genommen. Auch von mir nimmt niemand Kenntnis, und niemand kommt, um mir zu helfen, das Regal hochzuwuchten und die CDs aufzusammeln. Es ist eine mühsame Angelegenheit, weil auf einem der obersten Regalböden ganze Kartons mit Belegexemplaren und Promo-CDs gestanden haben. Etliche der leicht zerbrechlichen Hüllen sind nicht mehr zu gebrauchen. Ich stelle das Regal wieder auf und stopfe alles einfach irgendwie hinein. Die defekten Hüllen müssen wir später irgendwann mal aussortieren.

Klick.
Als ich wieder am Schreibtisch sitze, betrachte ich nachdenklich den Poststapel. Könnte es sein, dass ich etwas übersehen habe? Einen Brief von der Hausverwaltung hätte ich doch auf jeden Fall zur Kenntnis genommen. Oder nicht? Zögernd nehme ich einige Umschläge in die Hand und öffne sie umständlich. Die ersten drei Schreiben sind deprimierend langweilig, und ich merke, dass mir jetzt die Kraft fehlt, um alles durchzusehen. Für den Fall, dass der Vermieter sich entschlossen hätte, uns loszuwerden, würde das Auffinden des Vertrages ja jetzt auch nichts mehr nützen.

Klick.

Klack …

Wieso »Klack«? Es ging doch »Klick«? Und noch einmal.

Klack …

Es könnte ein Stein gewesen sein, der auf den Schreibtisch gefallen ist. Tatsächlich liegen dort einige Krümel des Mauerwerks.

Kracks.

Schon wieder. Ich blicke nach oben zur Deckenverkleidung, die schon immer etwas schief herunterhing. Bisher hat es mich nie gestört, im Gegenteil. Sie scheint leicht zu schaukeln. Ein Seitenblick auf die Jalousien bestätigt mir, dass das Schaukeln auch vom Windstoß herrühren könnte, der plötzlich durchs Büro fegt, weil irgendjemand die Tür zum Flur offen gelassen hat, aber genau in diesem Moment landet schon wieder ein Stückchen bröseliger Beton auf dem Schreibtisch, dieses Mal in einem Wasserglas, das neben dem Monitor steht. Gleich darauf und direkt daneben ein weiterer Einschlag.

Mein Blick wechselt zwischen dem Schutt auf dem Schreibtisch und der Deckenverkleidung hin und her. Die Gesteinsbrocken müssen ja von oben kommen, aber dort ist nichts zu erkennen. Wieder und wieder kracht es, bis aus den einzelnen, voneinander unterscheidbaren Detonationen ein gleichmäßiges Prasseln wird, dann ein Rauschen, und plötzlich klingt es so, als würde sich ein Kieslaster seiner Fracht entledigen und die gesamte Deckenverkleidung mit einem Mal herunterkommen. Ich rette mich unter den Tisch, so wie ich es in einem japanischen Erdbebenvideo gesehen habe. Staub und Dreck

benebeln mir die Sicht und dringen in Mund und Nase ein.
Einige Zeit später, für mich eine Ewigkeit, kommt Matthias zu mir unter den Tisch gekrochen und fragt, ob alles in Ordnung sei. Ich stehe langsam auf. Der Raum verschwimmt vor meinen Augen, und so lasse ich mich zur Sicherheit wieder auf meinen Schreibtischstuhl fallen. Etwas Flüssiges soll mir helfen, den Staub herunterzuspülen, von dem ich noch nicht einmal sicher weiß, ob er echt ist. Das Wasser aus dem Glas neben dem Monitor schmeckt scheußlich, wie aus einem Brunnen, in dem ein Tier verwest. Es hat wohl zu lange gestanden.
Matthias ist der Einzige, den ich hier noch sicher auf meiner Seite weiß. Während alle anderen wirtschaftlich davon abhängig sind, was sie hier tun, ist Matthias lediglich so etwas wie ein Hobby-Grafiker. Sein eigentliches Geschäft ist das Auflegen von Platten auf Großveranstaltungen. Mit anderen Worten, er ist ein DJ-Star. So hoffnungslos überbezahlt wie unter der Woche unterbeschäftigt, weshalb er sich gern bei uns herumtreibt. Er trägt einen dünnen knallgelben Schal, beinahe eher ein Halstuch. Ein Accessoire, das mir so noch nie aufgefallen ist, aber wenn Matthias es trägt, bedeutet das wahrscheinlich, dass man es in nächster Zeit häufiger zu sehen bekommt. Matthias nutzt die Zeit, die er auf Flughäfen oder in den hippen Einkaufsvierteln europäischer Großstädte verbringt, dazu, sein frisch verdientes DJ-Geld in Mode zu investieren. Entsprechend vielseitig ist seine Garderobe. Man sieht ihn nie zweimal in demselben Outfit, schon gar nicht an zwei aufeinanderfolgenden Tagen.
Es stellt sich heraus, dass er essen gehen will. Ich quäle

mich von meinem Sitzmöbel hoch und suche meine Sachen zusammen. Alle kommen mit. Alle bis auf Caren, die ohne Regung einfach sitzen bleibt, und Claudio, der fast immer Migräne hat.

Im Novembergrau latschen wir den kurzen Weg vom Büro zu unserem Stammrestaurant. Die Fenster in den Wohnhäusern sind grau und leer, die meisten Menschen sind bei der Arbeit. Mir fällt auf, dass es in diesem Viertel immer weniger vergilbte Gardinen gibt, welche die mit Nippes voll gestellten Fensterbänke verdecken. Noch vor ein paar Jahren war das ganz anders. Die alteingesessenen Raucher und Alkoholiker geben nach und nach den Löffel ab, und eine neue Generation von Verlierern rückt nach, die sich von der vorangegangenen nur dadurch unterscheidet, dass sie keinen Nippes sammelt und keine Gardinen mehr hat. Die Loser fallen nicht mehr so auf, aber trotzdem scheinen es immer mehr zu werden.

Eines der Fenster, an denen wir vorbeikommen, ist besonders trostlos. Allem Anschein nach handelt es sich um ein leer geräumtes ehemaliges Wohnbüro. Ein Haufen toter Fliegen liegt auf dem Fensterbrett, während etliche ihrer lebenden Verwandten nach einem Ausweg aus dem Raum zu suchen scheinen, den es wohl schon lange nicht mehr gibt. Ich will nicht wissen, woher sie kommen, kann den Gedanken daran aber nicht ganz unterdrücken. Die Fensterscheibe ist staubig, man kann kaum hindurchsehen, eine Oase der Trockenheit inmitten all des Wässrigen, das diese Stadt ausmacht. Die Trockenheit kann ebenso Tod bringend sein wie das Wasser. Die Kunst besteht darin, sich zwischen den beiden Zuständen hindurchzumogeln, genug Feuchtigkeit abzubekommen, um weiterleben zu können, und trotzdem zu atmen.

»Vielleicht sollten wir gar nicht essen gehen, sondern was trinken?«

»Na klar, Troppelmann, wenn das jetzt schon um diese Zeit losgeht, dann gute Nacht, Marie.«

»Kein Alkohol. Einfach Wasser oder so.«

»Um dann wieder hungrig ins Büro zurückzukehren? Hör auf mit dem Schwachsinn und lass uns bei Darius lieber anständige Polenta essen.«

Wie immer klingt Matthias absolut vernünftig. Vielleicht zu vernünftig für mich. Vernunft, das ist doch nichts anderes als die ödeste Realität.

Das vermehrte Auftreten von Hundehaufen zeigt uns das Erreichen einer angesagteren Gegend an. Hundehalter gehen auch lieber dort spazieren, wo was los ist. Keiner, der hier lebt, kann nachvollziehen, was so interessant sein soll an Leuten, die auf der Suche nach anderen Leuten sind. Aber sie sind immer unterwegs: Männer auf der Suche nach Frauen, Frauen auf der Suche nach Männern, Männer auf der Suche nach Männern und Frauen auf der Suche nach Frauen. Geschäftsleute auf der Suche nach Geschäftsleuten, Randalierer auf der Suche nach Ärger und Junkies auf der Suche nach Stoff. Immerhin strengen sich alle an – alle bis auf die Junkies –, dabei nicht total bescheuert auszusehen.

Andererseits: Auf genau so einem Spaziergang habe ich vor einigen Wochen Cole getroffen, einen der erfolgreichsten Musiker der Stadt. An der Eisdiele, beim Gemüsestand oder irgendwo dazwischen. Wir haben über nichts Besonderes geredet, schon gar nicht über das Geschäft. Aber wenig später hat mich sein Manager angerufen, Frank. Sie hätten einen größeren Auftrag zu vergeben und zufällig an mich gedacht. Es handelt sich um ein beachtliches Budget, das bei der neuen CD-Produktion von Cole für das Artwork zur Verfügung steht. Immerhin bahnt sich auf diese Weise also ab und zu etwas an, auch wenn aus Franks Ankündigung bisher nichts Konkretes gefolgt ist.

In unserem Stammlokal, dem Marie van Meer, finden wir wie immer sofort einen Platz, obwohl es überfüllt zu sein scheint. Wo früher Musiker und Künstler rumhingen, sitzen heute diejenigen, die sich von der »kreativen Umgebung« angezogen fühlen. Wer jetzt immer noch keine Bilder verkauft oder mit seinen Konzerten Kneipen füllt, muss sich wohl woanders was zum Essen suchen. Die Preise steigen. Und mit ihnen das Niveau. Aber das ist nicht von Dauer. Wenn sich die höheren Preise durchgesetzt haben, wird das Niveau wieder sinken. Am Ende wird alles einfach nur teurer geworden sein. Wer zur Hölle hat eigentlich mit diesem Scheiß angefangen?

»Willst du nichts essen?« Darius, der Kellner, steht in seinem schürzenartigen grünen Gewand vor mir, auf dem der Schriftzug des Marie van Meer prangt. Offensichtlich habe ich den Moment des Bestellens verpasst. »Oder glaubst du, du wirst von einem Glas Wasser satt?«

4

Eine Tradition, von der mich nicht mal ein gebrochenes Bein entbinden könnte, ist das jährliche Treffen mit Jimi auf der Eisbahn in den Großen Wallanlagen. Es wird niemals abgesagt, egal in welchem Zustand wir uns jeweils befinden. Das ist ja auch der Sinn einer Tradition.

Mein vorsichtiger Versuch, gleich am Anfang klarzustellen, dass ich dieses Mal eigentlich keine Zeit habe, wird von Jimi in seiner typischen Art abgeschmettert. »Na, dann kannst du ja gleich wieder abhauen!«

»Du hast recht, Entschuldigung - ich reiße mich ja schon zusammen.«

Mein bester Kumpel sieht aus wie eigentlich immer. Seine Hosen sind genauso verschlissen wie die Jacke, die er trägt. Von Letzterer ist nicht zu vermuten, dass sie irgendwann einmal modisch war. Kleidung hat für Jimi einfach nur die Funktion, mögliche Unannehmlichkeiten des Wetters auszugleichen. Er sieht aus wie ein »junger Mann zum Mitreisen gesucht«, nur dass er auch nicht mehr jung ist. Heute trägt er außerdem Schlittschuhe an den Füßen.

»Du musst echt aufhören, dich so abzukapseln.« Er sagt »abschukaspeln«, ein Sprachfehler. Jimi stakst auf seinen Schlittschuhen vor mir her und gibt sich Mühe, nicht hinzufallen. Wir können beide nicht Eislaufen, weiß der Geier, warum wir uns ausgerechnet immer hier treffen müssen. Jedes Jahr frage ich mich das wieder.

»Wir haben schon wochenlang nicht mehr telefoniert, geschweige denn, dass wir mal ausgegangen sind«, fährt Jimi fort. »Das ist nicht gut. Du musst mehr Zeit mit Leuten verbringen, die nichts mit deinem Scheißschob schu tun haben. Wenigstens hältst du dich noch an die Grundregeln der Traditiooo...« Er zieht das Wort so in die Länge, weil er einem strauchelnden Pärchen ausweichen muss, und knallt mit einem dumpfen Rumpeln in die äußere Eisbahnbegrenzung.

Nach zwei oder drei weiteren trägen Runden humpeln wir über die rutschfesten Gummimatten zu dem kleinen Kiosk hinüber, um uns einen Glühwein zu besorgen. Um uns herum herrscht dichtes Teenagertreiben. Viele wollen ihren gesunkenen Zuckerspiegel mit Süßigkeiten aus dem Kiosk wieder auf Normalniveau bringen.

»Was soll ich machen? Es gibt halt immer irgendetwas, das dringend erledigt werden muss«, erwidere ich lahm und stelle mich ans Ende der Schlange.

»Ich glaube, du musst lernen, zwischen dem schu unterscheiden, was dringend ist, und dem, was wichtig ist. Du verlierst sonst die Kontrolle über dein Leben.«

»Ich kann dir sagen, was wichtig ist: dass die hier mal ein bisschen schneller machen. Ich brauche jetzt nämlich einen Glühwein, dringend.« Als ich endlich einen in der Hand habe, füge ich versöhnlich hinzu: »Du findest, ich blicke nicht mehr richtig durch? Ich habe so was wie ein Messie-Problem?«

»So was in der Art.« Ein relativierendes Lächeln umspielt seinen Mund. Er möchte seiner Aussage die Schwere nehmen, obwohl es ihm ernst damit ist.

»Du hast Andrea verloren, weil du immer versuchst, für alle da schu sein. Du solltest aber lieber dich selbst retten. Im Moment produzierst du nur ein riesiges Durcheinander, mit dem du niemandem hilfst. Und vor allem«, fügt er noch bedeutungsschwanger hinzu: »Du musst herausfinden, warum du immer wieder die gleichen Fehler machscht.«

Ich frage mich wieder einmal, wie er es fertigbringt, meine Situation einzuschätzen, obwohl wir so gut wie gar nicht miteinander geredet haben. Wir sind zusammen zur Schule gegangen und später auch beide in Hamburg gelandet, wo wir dann aber völlig unterschiedliche Wege eingeschlagen haben. Er Naturwissenschaften, ich Grafik-Design. Für mindestens fünfzehn Jahre sind das dann strikt getrennte Welten, die nichts miteinander zu tun haben wollen. Wir unterhalten uns allerdings fast nie über die alten Zeiten. Ich würde es nicht aushalten, mit jemandem herumzuhängen, mit dem man ständig über die gemeinsame Kindheit redet. Dafür ist noch genug Zeit, wenn irgendwann die Altersdemenz einsetzt.

Jimis Leben verläuft zur Zeit eher ruhig, wenn man mal davon absieht, dass er gerade wieder anfängt, seinen Job zu hassen. Er arbeitet in der IT-Branche und seine jeweilige Tätigkeit geht ihm regelmäßig alle drei Jahre dermaßen auf die Nerven, dass er sie dringend hinschmeißen muss. Meistens endet das in einer Katastrophe, aus der er sich aber immer irgendwie herauswindet, um dann in seinem nächsten Job noch mehr zu verdienen.

Jedes Mal, wenn ich die Hand loslasse, guckt mich das Mädchen böse an und greift wieder nach mir. Ihre Hand ist zugleich verschwitzt und kalt. Wir laufen auf dem kleinen grünen Band zwischen der Straße und dem Fluss entlang. Schließlich biegen wir in einen Weg ein. Er windet sich eine Anhöhe hinauf, auf der ein paar Häuser stehen. Eines der Gebäude ist sehr alt und mit Moos und Efeu bewachsen. Vor dem Haus stehen Wächter aus Stein, die leblos in die Ferne blicken. Ein schmiedeeisernes Tor quietscht, als wir den Hof betreten.

»Sie hat einen Neuen, aber das weißt du sicher schon.«
»Wer hat was?«
»Sag mal, hörst du nicht schu? Andrea natürlich.«
Ich verschlucke mich am Rest meines Glühweins. »Woher willst du das wissen?«
»Ich habe sie mit ihm gesehen. Oben in Ottensen, wo ich wohne und du nie bist.«
»Und wer ist es? Kennst du ihn?«
»Nö.«
»Wie sieht er aus?«
»Weiß nicht, so ein blonder Norddeutscher.«
»So wie du?«
»Nein, größer und schlanker. So ein ganz normaler Typ mit Durchschnittsauto und geregeltem Leben.«
»Es interessiert mich nicht.«
»Aber das kannst du nicht beweisen.«

Ein Schlag in die Magengrube. Jimi sieht es mir an und sagt eine Weile nichts. Während es in meinem Kopf rattert und bohrende Fragen auftauchen, die mir der verletzte Stolz und die Eifersucht eingeben, wird mir zu meiner Überraschung aber klar, dass inzwischen alles schon weniger schlimm ist. Heftig zwar, doch schon mit einem Beigeschmack des Vergangenen. Noch fünfzig Jahre, und mir ist egal, mit welchem blonden Norddeutschen sie herumhängt und welches Auto der fährt.
Ich werfe einen Blick in die Runde, um den Weg zurück in die Realität zu finden. Die Wolken hängen tief und bedrohlich über der aschgrauen Siebziger-Jahre-Betonkonstruktion ohne Dach. Die metallenen Boxen dröhnen die Balla-Balla-Musik in den wehrlosen Weltraum. Langsam organisiert sich am Himmel ein Nieselregen. Ich beobachtete die Jugend beim Flirten auf Schlittschuhen und wünsche mir, dass sie dabei auf die Fresse fällt.
»Es …«, sagt Jimi und macht eine Kunstpause, weil er weiß, dass er mit der folgenden Bemerkung noch eine Schippe oben drauf legen wird: «… Es ist auch schon eine Weile her.«

Ich versuche mir immer ein Bild vorzustellen, zu allem. Eine Berufskrankheit. Andrea und mich habe ich mir am Anfang als Tiere vorgestellt. Je nachdem, wie die Stimmung zwischen uns war, als Flughörnchen, Krebse oder Warzenschweine. Manchmal auch als Vögel. Dann als Pflanzen. Als seltene Orchideen oder als Pampasgras. Irgendwann habe ich dann davon abgesehen, mir uns als belebte Materie vorzustellen. Stattdessen wurden wir zu zwei Reagenzgläsern im Labor eines verrückten Wissenschaftlers. Nein: Er ist nicht verrückt. Er ist so wie die Natur, die Evolution an sich. Wir sind eine Testreihe von, sagen wir, fünfhunderttausend Reagenzgläsern. Irgendwann in grauer Vorzeit sind zwei oder drei flüssige Substanzen miteinander vermischt, geschüttelt und dann irgendwo abgestellt worden. Die Veränderungen wurden beobachtet und dokumentiert. Bei Andrea und ungefähr dreihunderttausend anderen, also bei der Mehrheit, lief alles so wie vorhergesagt, bei den anderen, zu denen auch ich unglücklicherweise gehöre, nicht. In Andreas Gruppe wurde aus den Flüssigkeiten durch die chemische Reaktion irgendwann nach langer, langer Zeit eine Art Gelee. Als das vollbracht war, konnte man davon ausgehen, dass sich die Substanzen weiterentwickeln und kristalline Strukturen herausbilden würden, die dann später fest werden würden wie Stein. Und so kam es auch. In meiner Gruppe hat sich dagegen die ganze Zeit nichts getan. In den meisten unserer Reagenzgläser schwappt immer noch eine undefinierbare Flüssigkeit, nur einige wenige werden sich in grauer Zukunft vielleicht noch in etwas Festes verwandeln, aber es gibt wenig Hoffnung. Da hilft auch kein Schütteln.

E-Mail Andrea an Thomas,
16. 5. 2010, 15:45 Uhr und 9 Sekunden:
Hallo Thomas,
kannst Du nachher auf dem Rückweg noch ein Geschenk für Claas mitbringen?
Bis nachher
Kuss, A.

E-Mail Thomas an Andrea, 16. 5. 2010,
16:20 Uhr und 45 Sekunden:
Hallo Andrea,
Huh – eh. War das heute?
T.

E-Mail Andrea an Thomas,
16. 5. 2010, 16:21 Uhr und 58 Sekunden:
Du hast es vergessen!!!

E-Mail Thomas an Andrea,
16. 5. 2010, 17:39 Uhr und 30 Sekunden:
Nicht direkt vergessen, aber ich wusste nicht mehr, dass das heute ist. Scheiße. Ich komme hier heute Abend auf gar keinen Fall vor zehn Uhr raus.

E-Mail Andrea an Thomas,
16. 5. 2010, 17:51 Uhr und 11 Sekunden:
Kannst Du Dir überhaupt irgendetwas merken? Wie machst Du das denn in Deinem Job? Schreibst Du Dir gar nichts auf? Ist Dir nicht klar, wie unhöflich das ist? Das ist ein Abendessen, und wir sind für acht Uhr eingeladen, da kannst Du nicht erst um elf auftauchen.

E-Mail Thomas an Andrea,
16. 5. 2010, 18:24 Uhr und 45 Sekunden:
Ich ruf Dich gleich an.

E-Mail Andrea an Thomas,
16. 5. 2010, 18:25 Uhr und 50 Sekunden:
Ja, besser!

Sie konnte es nicht aushalten, wenn ich unsere Termine verschlampte. Ich tat das leider sehr oft. Es war die Zeit, als wir versuchten, die finanziellen Probleme dadurch zu lösen, dass wir immer mehr und dadurch auch immer schlampiger arbeiteten. Eine einfache Logik. Alle taten das. Alle, die ich kannte. Ich habe oft versucht, ihr das zu erklären, aber sie ließ es nicht gelten.

Ich wette, der große Blonde stammt aus der gleichen Reagenzglasgruppe wie Andrea. Wahrscheinlich verwandeln sie und ihr neuer Typ sich gerade in Kristalle. Ich darf nicht mehr mitspielen, und obwohl ich weiß, dass ich es ohnehin nicht könnte, tut es immer noch weh. Es ist wie eine endlose Abhängigkeit, die nie verschwindet, sondern bestenfalls nach und nach ein wenig verblasst.
Jimi und ich stöckeln auf den Schlittschuhen zurück auf die Eisbahn. Die spiegelglatte weiße Fläche scheint an der Oberfläche abzutauen. Meine Kufen graben tiefe Furchen hinein. Das sollten sie eigentlich nicht tun, die nachfolgenden Läufer könnten sich verletzen, aber ich kann nichts dagegen machen. Die Musik aus den Lautsprechern wird immer scheppriger. Wo ist Jimi hin? Erst nach einer Weile finde ich ihn zwischen all den Leuten wieder. Er zieht seine Bahnen auf einer erstaunlich geraden Spur, ohne dabei einzusinken. Ich wünschte, ich könnte mit ihm mithalten, aber er hängt mich immer wieder ab.

5

Das Büro ist schon verwaist, als ich es gegen 19 Uhr wieder erreiche. Caren ist noch da, hat aber schon ihren Mantel an. Auf meinem Schreibtisch liegt ein Zettel mit einer Telefonnummer. Mir ist flau, und ich beschließe, nach Hause zu gehen. Auf dem Weg kaufe ich mir in einem Asia Imbiss irgendeinen Quatsch zu essen. Als ich zu Hause ankomme, fällt mir auf, dass ich meinen Schlüssel auf dem Schreibtisch liegengelassen habe. Ich kann weder in meine Wohnung noch in das Büro. Mit viel Mühe gelingt es mir, Claudio, der nicht weit entfernt vom Büro wohnt, zu überreden, den Schlüssel zu holen und ihn mit einem Taxi zu mir zu schicken. Es dauert ungefähr eine halbe Stunde. Währenddessen sitze ich im Treppenhaus, esse mit den Fingern gebratene Nudeln mit Sojabohnen und warte.

Da wo wir herkommen, ist das Leben nicht gesund. Deshalb müssen wir jeden Tag in den Wald. Dort ist alles grün. Manchmal blinzelt die Sonne durch das Laubdach.

Wir laufen endlos durch den Wald. Ich stelle mir vor, dass wir auf der Stelle stehen und sich nur der Boden unter uns bewegt, dass wir mit unseren Füßen den ganzen Erdball drehen. Wohin geht es eigentlich? Hauptsächlich geht es weiter. Immer nur weiter. Manchmal um eine Biegung herum. Nicht selten über eine Brücke. In den Bächen fließt klares Wasser, in dem keine Fische zu sehen sind.

Nicht ein Staubkorn hat sich in der Wohnung bewegt, seit ich sie heute Morgen verlassen habe. Ich werde auch jetzt nicht lange hierbleiben. Nachher will ich noch in die Hamster Bar, auch wenn ich mir eigentlich vorgenommen habe, es nicht zu tun. Es ist ein völlig neues Gefühl, so viel Zeit zu haben. Vor einem halben Jahr gab es immerhin noch so viel Stress, dass man den ganzen Tag nicht dazu kam, darüber nachzudenken, dass das, was wir tun, keine Zukunft hat. Auch wenn das Einfach-weiter-Arbeiten möglicherweise die Probleme verschärft hat, schwächte es die Symptome ab und befreite uns von der Existenzangst. Aus meiner jetzigen Perspektive möchte ich das im Nachhinein eine schöne Zeit nennen. Wie schön, wie einfach wäre die Situation, wenn man sich durch Arbeit retten könnte! Wenn man wie ein Pferd den Karren aus dem Dreck ziehen könnte.

Doch abgesehen davon, dass mir alles zu unwichtig geworden ist, ist mir auch alles zu viel. Zu viel Kleinkram, der nichts bringt, und zu viel Andrea im Kopf, als dass ich mich auf den Kleinkram konzentrieren könnte. In einer Umgebung, in der alle kämpfen müssen, ist es immer das Schlimmste, gar nicht kämpfen zu wollen.

Dabei ist es eigentlich gar nicht so schwer, den finanziellen Überblick zu behalten. Die Kontobewegungen der letzten paar Monate, die sich online verfolgen lassen, haben eine einfache Geschichte zu erzählen. Eine höchst überflüssige Abwärtsspirale, in Gang gesetzt von dem größten Trottel der Gemeinde: Thomas Troppelmann. Okay, das mit der Steuer war mir bekannt. Die eintönigen Schreiben des Finanzamts sind die einzigen, die ich eigentlich immer zu öffnen versuche. Nach einem kurzem Telefonat war mir klar, dass es zwar etwas dauern würde, dass wir das Geld, das uns vorsichtshalber schon mal vom Konto abgezogen worden war, aber wohl zurückbekämen, wenn wir die entsprechenden Nachweise lieferten. Allerdings führte das daraus resultierende Liquiditätsproblem dazu, dass die Abbuchung der Miete von der Bank zurückgewiesen wurde.

Ich beachtete das alles gar nicht, weil ich meine Kräfte darauf konzentrierte, wenigstens noch einen größeren Auftrag an Land zu ziehen: das Artwork für Coles neue CD. Bei einem flüchtigen Blick auf das Konto sah auch alles noch ganz gut aus. In Wirklichkeit ist es seit zwei Monaten ungedeckt, sodass es mich nicht wundern würde, wenn man uns morgen den Strom abstellte. Keine einzige Rechnung wurde in der ganzen Zeit bezahlt. Und wenn ich nicht endlich wieder funktioniere, ändert sich daran auch nichts.

Das Fernsehprogramm drückt meine Laune endgültig in den Keller. Ich verbringe den Abend in einer bedrückten, fast schon depressiven Stimmung. Das ist oft so, wenn ich glaube, dass die Welt aus dem besteht, was das Fernsehen für sie ausgibt. Eine Zeit lang schlafe ich dabei sogar ein. Irgendwann ist es dann endlich spät genug, um das Haus zu verlassen.

Die Hamster Bar. Der Legende nach haust hier in einem dunklen Verlies im Keller der faulste Nager der Welt. Er wird von den Betreibern dieser Institution verehrt und bewundert sowie ausreichend mit Futter und Wärme versorgt. Zum Dank dafür bewegt er sich kaum, und das ist auch gut so, denn – so die Legende weiter – die Bar müsste auf der Stelle für immer geschlossen werden, würde der faulste Hamster der Welt jemals auf die Idee kommen, das in seinen Käfig montierte Laufrad zu besteigen. Man kann ihn auf einem winzig kleinen Monitor beobachten, der am Tresen aufgestellt ist. Die Hamster Bar befindet sich in einem allein stehenden Haus am Hafenrand, in dem ab und zu auch kleine Konzerte oder Lesungen stattfinden. Meistens jedoch kurbelt bloß ein DJ den Getränkeverkauf an.

Die flaue Phase des Abends, in der nur ein paar Stammgäste und die Belegschaft einem einsamen Plattenaufleger zugehört haben, geht gerade in die heißen drei Stunden über. Der dünne, schüchterne Anfänger-DJ wird von einem rustikalen Typ mit Vollbart abgelöst, der hier jeden Dienstag auflegt und gerade sein ganz und gar unanarchistisches Platzhirschrecht behauptet. Das muss Willi sein. Die Tanzfläche füllt sich zusehends, und der schmächtige Typ, der vorhin noch als Kurier bei uns im Büro war, trollt sich.

Die Situation ist so ähnlich wie auf dem Schulhof. Jeder kennt beinahe jeden. Es ist ein Ort der Kommunikation ohne verordnete Strukturen und Regeln. Was allerdings nicht heißt, dass es keine gibt. Vieles deutet darauf hin,

dass sich Hierarchien herausgebildet haben. Körpersprache, Blicke, die Selbstverständlichkeit des Auftretens einiger und das Akzeptieren desselben von anderen. Gesprächslautstärke, Aufmerksamkeit usw. – die ganze Palette sozialer Hackordnung aus dem Tierreich.
Cole und sein Manager Frank sind da, ein paar Journalisten, Künstler und Leute aus der Kulturszene. Einige stehen im Mittelpunkt, andere wollen gern näher an diesen heran. Es ist viel Testosteron in der Luft. Aber auch die Frauen haben ihren Platz und ihren Anspruch. Alle stehen in kleinen Gruppen herum. Zu zweit, zu dritt, höchstens zu fünf. Manchmal gibt es ein Thema des Abends. Man könnte von Gruppe zu Gruppe gehen und würde herausfinden, dass über denselben Film oder dasselbe Konzert gesprochen wird. Als wäre das hier eine Kleinstadt und es würde ohnehin nicht viel passieren. Wichtig ist, wer wen grüßt und mit wie viel Begleitbrimborium diese Begrüßung verbunden ist.
Ich bin nicht wichtig genug, um ein allgemeines Aufblicken auszulösen. Ohnehin angeschlagen und geschwächt, ducke ich mich unter den meisten Begrüßungsritualen hindurch und rette mich auf einen Barhocker am Tresen.

Manche der Wege sehen aus wie Schneisen, die ein riesiger Ball in den Wald geschlagen hat, wie Spuren einer Murmel, die einen sandigen Hügel hinunter gerollt ist. Andere wirken wie Pfade von wilden Tieren, die durch andere Tiere verbreitert worden sind. An einigen Stellen ist einfach nur kein Wald. Dort, wo keine Pflanzen sind, gegen die man sich wehren, keine Gräben, über die man klettern muss, kann man einfach über Wiesen laufen. Auf den Wiesen wachsen Blumen, und es riecht anders.

Der schmächtige Anfänger-DJ drückt sich auffällig nah bei der am lebhaftesten diskutierenden Gruppe herum, in deren Mittelpunkt Cole steht. Der Star der Hamburger Musikszene ist weiterhin gut im Geschäft, vielleicht weil die sinkenden Einnahmen die Entscheider in der Musikindustrie immer konservativer machen. Die Zukunft fürs nächste Quartal liegt bei den Kunden, die schon ein bisschen älter sind und noch CDs kaufen. In längeren Zeiträumen zu denken lohnt sich nicht, dafür sind die Jobs zu unsicher. Wer weiß schon, ob er im nächsten Jahr noch ein Teil dieser Industrie ist oder bereits ganz woanders? Gut eingeführte Musiker wie Cole scheinen zur Zeit davon zu profitieren.
Ich hätte mir sein Album eigentlich lieber erst mal angehört, bevor ich die Zusage gab, das Cover zu gestalten, aber wir waren zu dem Zeitpunkt viel zu klamm, um einen Auftrag dieses Umfangs ablehnen zu können. Ich habe folglich nur ein bisschen so getan, als würde ich zögern, um nicht allzu gierig zu erscheinen. Ich hätte ihm noch eine Reihe Fragen stellen können, um ihm das Gefühl zu geben, dass er der Boss ist und ich mich für ihn interessiere, aber das fruchtet bei Cole nicht. Er ist jemand, der diese Technik selbst anwendet, um in einer Situation den Ton anzugeben. Und noch etwas beherrscht er sehr gut: Er versteht es, einen Eindruck zu erzeugen. In mir jedenfalls hat er den Eindruck erweckt, dass wir seinen Auftrag auf jeden Fall in der Tasche hätten.
Allerdings ist Frank, sein Manager, bis heute nicht mit

einem Vertrag rübergekommen. Theoretisch können sie das Ganze immer noch abblasen.

Ich weiß nicht, was ich tun soll, und langweile mich am Tresen. Die ersten drei entfernten Bekannten, zwei männliche und eine weibliche, wollen mich in ein Gespräch über Gentrifizierung verwickeln, dem ich mich nur mühsam entziehen kann. Ich schaue mir eine Weile den Hamster an, der von einigen »Hams« genannt wird, obwohl seine Besitzer darauf bestehen, dass er keinen Namen hat. Sogar einige der Barleute, die jeden Tag als erste Amtshandlung einen DVD-Player anstellen, auf dem »Hamster« steht, glauben noch, dass es ihn wirklich gibt.

»Hallo.«

»Hey.«

Neben mir steht eine junge Frau, schlicht, aber modisch gekleidet, wie fast alle hier. Enge Jeans, eine Art Männerhemd, einige wenige Accessoires, die ihr Outfit vom Alltäglichen unterscheiden. Sie lächelt mich an. Ihr Gesicht sagt mir etwas, aber ich weiß nicht genau was. Ja, ich kenne sie. Doch woher? Sie gehört irgendwie nicht hierher.

»Ursula«, hilft sie mir auf die Sprünge, nachdem ich sie wohl etwas zu lange ratlos angestarrt habe.

»Hallo Ursula.« Ich sage das zweimal. Einmal in einem neutralen Ton und dann noch einmal freudig überrascht, beinahe enthusiastisch, obwohl der Klang ihres Namens nicht nur gute Gefühle in mir auslöst. »Was machst du in Hamburg?«

Diese Frage löst ihre Zunge. Langsam wird das Bild wieder klarer. Ihre Stimme macht es aus. Die Art, wie sie redet, die Satzmelodie.

Und wie ich sie so singen höre, kehrt die Erinnerung zurück. Ich sehe mich während des Konzerts der Surrealos, einer jungen Band aus Schweden, die ich über die Arbeit kennen gelernt hatte, in Hildesheim wieder am Stand mit den T-Shirts stehen. Er ist so aufgebaut, dass man auf dem Weg zur Garderobe und zum Ausgang daran vorbei muss. Die strategisch günstige Lage soll die Verkäufe der Produkte ankurbeln, verhindert aber, dass ich heute Abend das Konzert erleben kann. Am siebten oder achten Abend der Tour macht mir das allerdings kaum noch etwas aus.

Der Ablauf der Ereignisse vor, hinter und auf der Bühne unterscheidet sich von Tag zu Tag kaum. Lediglich die Ansprechpartner, das Publikum und die Kulissen ändern sich mit den Konzertorten. Aber auch das fällt kaum noch auf, sobald das Licht ausgeht. Wenn die Bühnenshow anfängt, ist der erste Teil des Abends für mich erledigt. Für die nächsten eineinhalb Stunden stehe ich eigentlich nur noch am T-Shirt-Stand, damit während der Show niemand was klaut. Manchmal baue ich sogar fast alles ab und gehe erst mal etwas essen.

Ich halte einen Sekt auf Eis in der Hand und blicke um die Ecke, um zu sehen, wie weit die Show vorangeschritten ist. Als ich wieder zum Stand zurückkomme, um mir aus der unter dem Tisch stehenden Flasche nachzuschenken, steht sie da und wühlt in dem Stapel CDs herum.

»Kann ich helfen?«, werde ich gefragt haben. Genaues weiß ich nicht mehr, nur dass ich plötzlich noch ein zweites Glas in der Hand halte.

»Und, wie ist das Leben so?«, fragt sie im Hier und Jetzt.
Ich weiß nicht, warum ich auf einmal über diese Frage stolpere, die normalerweise nicht mehr zu bedeuten hat als: »Erzähl doch mal!« Sie fühlt sich an wie ein Päckchen mit unerfreulichem Inhalt, das irgendwo in der Wohnung verstaubt und an das man eigentlich nicht denken will. Ich verabschiede mich lieber wieder in die Erinnerung.

Eine Zeit lang beobachte ich sie nur. Sie ist für die Gegend, in der wir uns befinden, eine Spur zu urban angezogen. Für die Großstadt wäre ihr Stil zu ländlich. Die feingliedrigen Hände verraten einen schönen Körper, den sie aber mit ihrer Kleidung nicht besonders betont. Das ändert sich allerdings, als sie etwas später eines der »Girlies« genannten T-Shirts anprobiert, das ihr eigentlich zu klein ist. Sie versucht dann ein größeres von den Hemden mit V-Ausschnitt, obwohl ich ihr nicht dazu rate. Wir führen ein längeres Gespräch über das Konzert, das sie gerade verpasst. Sie habe die Surrealos bereits letztes Jahr in Hannover gesehen. Damals habe die kaum jemand gekannt. Nur so etwa vierzig Leute hätten den Weg in den kleinen Club gefunden. Und wie viele seien das heute in Hildesheim?
»So etwa einhundertzwanzig«, schätze ich.
Sie trägt den Entdeckerstolz im Gesicht, den ein Großteil des Indie-Publikums auszeichnet. Immer geht es darum, der Erste zu sein, der eine neue Band kennen lernt. Wenigstens der Erste in der Peer Group. Sie überlegt, ein T-Shirt zu erstehen, ist sich aber nicht sicher, weil sie schon bei der letzten Tour eins gekauft hat. Die T-Shirts

der Band sind ein Verkaufsschlager, weil die psychedelischen Muster auch ohne den Bandschriftzug ziemlich gut aussehen.
Eine Zeit lang geht es um Schnittmuster und Größen. Dann schenkt sie mir ein bezauberndes Lächeln, das eine kleine Zahnlücke offenbart, und fragt, wann ich Feierabend habe. Mir wird klar, dass ich gerade abgeschleppt werde.

»Es ist langweilig«, rutscht mir in der Hamster Bar irgendwann heraus.
»Oh, Entschuldigung, ich kann ja wieder gehen.«
»Ich habe nicht gesagt, dass *du* langweilig bist. Es war nur die Antwort auf deine Frage, wie das Leben so ist. – Herr Ober …!«
Ich bestelle noch etwas zu trinken.
»Weißt du, wir – ich und einige andere –, wir machen seit Jahren das Gleiche«, schiebe ich zur Erklärung nach. »Früher haben wir das mit dem Gefühl getan, jederzeit könnte etwas Aufregendes passieren. Irgendetwas Besonderes, das einen irgendwohin katapultiert, wo man noch nicht war. Jetzt aber ist einfach nichts mehr los. Als ob ein Sumpf austrocknet, auf dem früher die wildesten Kräuter gewachsen sind.«
Mein Exkurs über die sich ändernden Zeiten hat einen peinlich deprimierenden Grundton, einen des Alters und der Verzagtheit, aber Ursula hört mir trotzdem zu. Sie scheint sogar einigermaßen interessiert zu sein. Doch ich finde es irgendwann unhöflich, weiter zu monologisieren. Jetzt ist sie an der Reihe. Ich spiele ihr einen Ball zu und sie beginnt zu erzählen. Es geht wohl um den Film, den sie heute Abend gesehen hat, aber

kaum etwas von ihrem Bericht dringt in mein Bewusstsein.

Es gibt eine zweite Flasche Sekt am T-Shirt-Stand und dann noch eine dritte, vielleicht auch eine vierte später im Backstage-Raum, als die Show vorbei und der Merch-Stand der Surrealos bereits in den Bandbus verladen worden ist. Als der Nightliner abfährt, um die Band zum Ort ihrer nächsten Show zu bringen, überredet sie mich noch, etwas trinken zu gehen, und bietet mir für die Nacht ihre Couch an, da mir ja gerade die Übernachtungsmöglichkeit verloren geht. An viel mehr erinnere ich mich eigentlich nicht. Eine beinahe leere Studentenkneipe. Schnapsgläser. Albernheiten. Noch mehr Schnapsgläser und irgendwann später meine Nase in einer Ritze von etwas, das seit zehntausend Hausstaubmilbengenerationen nicht mehr richtig durchgeklopft worden ist: Ursulas Sofa. Da ist er, der Name. Ein eisiger Wind durchweht mich, als ich ihn zum ersten Mal höre, und mir wird anders. Auch jetzt wieder, in der Erinnerung. Ich höre den Namen, und mir wird schlecht. Wann habe ich sie eigentlich danach gefragt? Vielleicht erst, als ich auf ihrem Sofa lag. Haben wir miteinander geschlafen? Ich glaube nicht.

»Ich habe leider vergessen, was du machst.«
»Zu wenig Sport.«
»Nein, ich meine beruflich.«
»Ach so, ich bin so was wie Krankenschwester. Hauptsächlich Altenpflege und so.«

Am nächsten Morgen in Hildesheim steht eine völlig andere Person vor mir. Kalt und unküssbar. Sie ist Krankenschwester, das Grauen im weißen Kittel. Ich kann mir nicht vorstellen, Gefühle für jemanden zu entwickeln, der Gesundheitslatschen trägt. Beim Frühstück und dem anschließenden Abschied gebe ich mich wohl eher kühl. Ich kann dabei in ihren Augen sehen, dass sie das nicht versteht. Sie wird es auf den Kater schieben und vermuten, dass ich den Abend schon bereue. Was soll sie auch sonst denken?

Krankenschwester – wie konnte ich das vergessen?
»Aber weißt du«, fügt sie hinzu, »nach Feierabend rede ich lieber über was anderes.«
»Na, dann gehörst du hier vielleicht gar nicht hin.«
Sie schaut mich vorwurfsvoll an.
»Die Leute hier«, ich mache eine raumgreifende Geste, »reden ständig über das, was sie gerade tun. Es ist eine große narzisstische Störung und gleichzeitig so eine Art Börse. Am liebsten sind sie mir noch, wenn sie besoffen sind.«
»Ach, ich finde es hier eigentlich immer ganz nett. Gerade weil es so ist, wie du sagst. Diese Typen sind wenigstens nicht langweilig.«
»Vielleicht eine Zeit lang nicht. Irgendwann gewöhnt man sich aber an sie und durchschaut ihre Masche.«
Sie schaut mich mitleidig an. »Ist wirklich alles, alles, alles so schrecklich öde?«
»Es ist halt nicht mehr so elektrisierend wie früher. Vor allem fehlt mir gerade die Perspektive. Es fühlt sich so an, als ob ich nicht mehr auf dem richtigen Weg bin.«
»Vielleicht solltest du einfach mehr unter Leute gehen.

Mehr feiern. Du kannst von deinem Job nicht erwarten, dass er dich blendend unterhält.«

»Ich wäre schon froh, wenn er wenigstens für meinen Unterhalt sorgen würde.«

Sie zieht die Augenbrauen zusammen und scheint jetzt wirklich böse zu werden: »Du triffst eine freundliche, gut aussehende Bekannte auf dem Weg zu was auch immer in einer Bar vor deiner Haustür und jammerst in einem fort! ... Vielleicht solltest du mal Urlaub machen. Oder eine Kur«, fällt ihr nach einiger Zeit noch ein.

»Oh ja, tolle Idee. Mit alten Knackern und eingebildeten Kranken herumhängen und mir einen Kurschatten anlachen. Das wär's.« Mir wird schon wieder schlecht.

»Na ja, du müsstest erst mal herausbekommen, an welcher Krankheit du leidest. Und wenn du eine Diagnose hast, weiß man meistens auch, welche Therapie helfen könnte.«

»Die Diagnose ist doch total simpel. Ich leide daran, ein Spiel spielen zu müssen, das ich nie spielen wollte und dessen Regeln ich nicht besonders gut beherrsche.«

»Oder du hast vielleicht wirklich einen Hau.«

»Erzähl mir was Neues.«

»Ich meine es ernst. Der Schaden muss ja nicht unbedingt gravierend sein. Irgendein Ereignis in der Vergangenheit könnte dafür verantwortlich sein, dass du in bestimmten Situationen nicht zurechtkommst. Das kenne ich auch von meinen alten Leuten. Aber die sind sowieso lustig: Ab einem bestimmten Punkt des Alterns fallen die immer in die Verhaltensmuster ihrer Kindheit zurück.«

Die Zeit und die Drinks ziehen an uns vorüber. Zwischendurch kommt jemand vorbei und sagt kurz hallo.

Ich werde angerempelt und sehe Frank plötzlich allein in der Ecke stehen. Vielleicht kann ich ihn heute überreden, die Vereinbarung über das Artwork endlich dingfest zu machen.
Ich bestelle uns noch etwas zu trinken, um mutiger zu werden. Ursula geht zwischendurch auf die Toilette. Mir gefällt die Art, wie sie den Drink zur Seite stellt und vom Barhocker steigt. Mir gefällt die Art, wie sie ihre kleinen Füße voreinandersetzt, und mir gefällt vor allem, dass sie wieder zurückkommt.
Zwei Biere später entschuldige ich mich bei ihr, stehe auf und schwanke zu Frank hinüber. Ich muss wissen, was aus seinem Auftrag wird, damit ich eine Ahnung bekomme, was aus Tropical Design werden soll. Mühsam schiebe ich mich durch das Gewimmel der Leute. Die Luft ist geschwängert von Zigarettenrauch. Ich spüre, wie mein Blutdruck steigt und steigt. Das in meinem Kreislauf vorhandene Blut scheint irgendwie nicht im Kreis zu laufen, so wie es sich gehört. Es wird direkt in meinen Kopf gepumpt und findet keinen Weg wieder heraus. Fühlt sich so der Beginn einer Panikattacke an?
Ich muss dringend raus ins Freie, damit der Kopf wieder abschwillt. Ab einem bestimmten Punkt kann ich zwischen dem dröhnenden Puls in meinem entzündeten Körper und dem Wummern der Beats nicht mehr unterscheiden. Damit verbunden ist der Verlust meines Gleichgewichtssinns. Wenn die Menge mich nicht stützen würde, fiele ich um. Die Strecke, die ich zurücklegen muss, um mein Ziel zu erreichen, wird mit jeder Sekunde größer. Dabei sollte sie sich doch verkürzen. Frank scheint sich zu entfernen. Schon kann ich kaum noch seinen blonden Haarschopf in der Menge erken-

nen. Er bewegt sich in Richtung Ausgang, während ich auf der Tanzfläche in die entgegengesetzte Richtung geschoben werde.
Die Wesen um mich herum verwandeln sich in Panther und böse Primaten mit verzerrten Gesichtern. Der Gedanke, dem ich hinterherlaufe, ist triebhaft. Ich werde getrieben von der Hoffnung auf Rettung, aber da ist auch ein ganz konkreter Mensch, der sich vor mir davonmacht. Ich hetze das Wild. Ich habe Witterung aufgenommen und Augenkontakt hergestellt, doch der Faden droht zu reißen. Mein Opfer hat die Lichtung verlassen und zieht sich, ebenfalls einem Instinkt folgend, in den Wald zurück. Ich werfe die Fesseln der Zivilisation ab. Als erstes die Höflichkeit. Hindernisse müssen aus dem Weg geräumt werden. Ich dränge die Wesen zur Seite und bin erstaunt, dass sie sich wehren. Ein Ellenbogen stößt mich grob zurück und erinnert mich daran, dass man einen Kampf auch verlieren kann. Plötzlich taucht das Wild für einen Augenblick wieder auf. Seine hochgewachsene Gestalt hebt sich irgendwo in unmittelbarer Nähe zum Ausgang vom undurchdringlichen Allgemeinen ab. Der Jäger startet zum Sprint und wird kurz darauf niedergestreckt. Irgendjemand findet es lustig, dem besoffenen Schwein ein Bein zu stellen, und ich falle aufs Maul.
In diesem Moment wird mir klar, was alle anderen längst wissen. Mir wird klar, dass ich verloren habe. Sie haben ihn mit ihren feinen Nasen schon wahrgenommen: den Geruch des Verlierers, die Aura desjenigen, der sich auf dem Weg nach unten befindet und den man unbedingt meiden muss, will man nicht selbst in den Mahlstrom gezogen werden. Der Erfolg flieht vor mir, genauso wie

er mir früher gefolgt ist. Das Licht ist aus, die Motten verschwinden. Und ich versinke in dieser Bar im Betonboden, in den die Vergangenheit einmassiert ist in einer Mischung aus Kippen, Bier, Kotze und alten Flirts.
Als ich den Weg zu meinem Platz an der Bar wiedergefunden habe, ist der Hocker von jemand anderem besetzt und Ursula verschwunden. Der Mann hinter dem Tresen reicht mir einen Zettel. Ich solle nach Hause gehen, mich ausschlafen und sie irgendwann mal besuchen kommen. Ist sie wirklich fort? Ich suche sie weiter in der Menge. Dann draußen. An der Ecke steht ein Taxi, daneben mein Fahrrad. Schließlich bin ich so weit. Ich nehme das eine und lasse das andere stehen.

6

Es sind nur kleine Einheiten, die jede für sich den Funken des Lebens in sich tragen, aber erst im Verbund, in ihrem Zusammenwirken, zu einem Wunder werden. Zu jenem großen Wunder, das irgendwann in der Lage ist, »Ich« zu sagen und die eigene Existenz zu erkennen. Bei »Ich« handelt es sich eher um eine Aussage, die sich in der Praxis bewährt hat, als um eine wissenschaftlich haltbare Angabe. Eine, die vielleicht auch einfach durch schmerzhafte Erfahrungen mit dem Anderen, dem Außen, entstanden ist. Diese unter Leiden hervorgebrachte, extrem komplexe Verschaltung der Gehirnzellen jedenfalls, nicht ihre Anzahl, ist der Schlüssel dazu. Denn obwohl ein ganzer Haufen dieser Zellen heute Nacht einen qualvollen Tod gestorben sein muss, erwacht nach viel zu kurzem Schlaf endlich doch wieder ein ramponiertes Ich namens Thomas Troppelmann.

Eine ganz kurze Zeit lang hatte ich nicht mehr daran geglaubt, dass das passieren würde. Neben dem Kissen liegt eine hastig aufgerissene Packung Kopfschmerz-

tabletten. Eine umgefallene Flasche Wasser, halb ausgelaufen auf dem Boden neben dem Bett. Fortuna allein hat das Handy gerettet. Um wieder irgendeine Orientierung in Raum und Zeit zu erlangen, greife ich danach, doch es entgleitet mir, als wäre der Fußboden plötzlich schräg und mit Seife eingeschmiert. Irgendetwas in mir ist nicht bereit, diese erneute Demütigung zu ertragen, und ich gleite hinterher. Bei diesem Versuch gerät dann alles ins Wanken. Die Bettdecke, die ich hinter mir her schleife, wirft den Schrank um und dieser eine Stehlampe. Das Bett gerät ebenfalls ins Rutschen. Das Mobiliar und ich versinken in einem großen Loch in der Mitte des Raumes, in dem auch schon das Handy verschwunden ist.
Erst als ich alles, wirklich alles, was je in meinem Körper war, der Kloschüssel übergeben habe, fängt es wieder an, ein Oben und Unten zu geben, verlangsamt die Welt um mich herum ihre Rotationsbewegung. Für eine halbe Stunde sitze ich einfach da, an die Wand gelehnt, und beobachte diese Vorgänge.

Die Hände sind ständig auf der Suche nach Gegenständen. Jeder kleine Handlauf am Rand eines befestigten Weges muss angefasst werden, jeder zweite Baum befühlt. Es gibt tausend Arten von Rinde. Ab und zu bleibe ich mit der Hand an einem Ast hängen. Dann biege ich ihn und halte ihn beim Weitergehen fest, so lange ich kann. Das gilt noch nicht als »Stock in die Hand nehmen«. »Stock in die Hand nehmen« ist, wenn man sich bückt und einen toten Ast vom Weg aufhebt. Das ist verboten.

Eine Voicemail vom Vermieter: »Ja, schönen guten Tag, Herr Troppelmann!« Seine Stimme klingt wie die eines Staubsaugervertreters kurz vor der Pensionierung. »Leider konnte ich Sie gestern nicht erreichen. Es gibt da ein kleines Problem mit Ihrem Vertrag. Bitte melden Sie sich doch bei mir, dringend!«

Mit einem Liter Kaffee im Blut, aber immer noch nicht ganz wach, rufe ich ihn eine Stunde später zurück.

»Guten Tag, Herr Troppelmann! Schön, dass Sie anrufen!« Er kommt sofort zur Sache. »Sie haben mir den Vertrag gar nicht zurückgeschickt.«

»Ja, tut mir leid, ich bin noch nicht dazu gekommen, weil es dauernd etwas Dringenderes gab, das kennen Sie als Geschäftsmann ja sicher, aber ...«

»Gewiss, Herr Troppelmann, gewiss. Ich bin auch nicht davon ausgegangen, dass Sie kündigen wollen, nach unserem letzten Gespräch. Aber als Geschäftsmann werden Sie verstehen, dass ich einem anderen vorliegenden Angebot nachgehen muss, wenn es einen besseren Ertrag verspricht.«

»Ja, aber wer hat denn Interesse, diesen, diesen ...?«

»Das darf ich Ihnen leider nicht sagen, Herr Troppelmann. Jedenfalls müssen Sie bedauerlicherweise davon ausgehen, dass Ihnen die Räume ab Januar nicht mehr zur Verfügung stehen.«

»Ab Januar? Aber ... das ist ziemlich plötzlich!«

»Ja, tut mir leid, Herr Troppelmann, aber das hat der neue Mieter zur Bedingung gemacht, da kann ich Ihnen leider überhaupt nicht entgegenkommen. Ihr Vertrag läuft nun mal zum ersten Ersten aus, das wissen Sie ja.«

Zum ersten Ersten. Wenn ich das schon höre. Es gibt keinen schrecklicheren Ausdruck in der deutschen Spra-

che. Der nächste Erste ist eigentlich immer mit irgendeinem Ultimatum verbunden. Und der erste Erste ist der König von all den Ersten. Die Preußen hätten sogar ihre Kriege zum nächsten Ersten erklärt, wenn das nicht von taktischem Nachteil gewesen wäre.
»Die Details können Sie ja dann mit Herrn Schröter besprechen. Ich bin leider spät dran, muss in eine Besprechung. Einen schönen Tag noch, Herr Troppelmann!«

Es läuft also alles wie geplant. Nur dass es eben nicht mein eigener Plan ist. Es ist Schröters, oder wer auch immer sich ausgedacht hat, dass wir da raus sollen. Über meinem Kopf bildet sich eine dunkle Wolke aus Wut. Der erste, der mir im Büro mit einem breiten Grinsen entgegenkommt, wird es gewesen sein.
Vielleicht aber auch nicht. Es gibt keinen Grund für den Sieger, seinen Triumph auszukosten, denn wir haben uns nicht gewehrt. Ich habe mich nicht gewehrt. Ich bin ganz brav zur Schlachtbank gegangen. Er hat seinen Willen bekommen und kann sich uns gegenüber jetzt gnädig zeigen.
Ich mache mir keine Illusionen über meinen zukünftigen Status in der Gruppe. Er wird von »unsichtbarer, im Hintergrund tätiger Organisator und manchmal Beschaffer von Aufträgen« auf »absolutes Arschloch« heruntergestuft werden. Ich brenne nicht eben darauf, das am eigenen Leib zu erleben. Ich könnte einfach zu Hause bleiben.
Kosten? Ach ja, Kosten könnten bei unserem Rausschmiss auch entstehen. Abgesehen davon, dass ja schon Schulden da sind. Für die meisten werde ich wohl allein aufkommen müssen.

Ich setze mich auf einen Stuhl und gehe die Liste der Aushilfstätigkeiten durch, mit denen ich früher Geld verdient habe, wenn es eng wurde. Es ist eine lange Liste, aber die meisten dieser Jobs gibt es gar nicht mehr.

Als ich gegen Mittag im Büro ankomme, hat sich die Neuigkeit schon herumgesprochen. Dimitri und seine Kumpels arbeiten in voller Lautstärke, um ihren Protest auszudrücken. Einige rollen nur mit den Augen, als ich eintrete, andere stehen auf und gehen mir demonstrativ aus dem Weg. Mein Schreibtisch liegt umgeworfen auf der Seite. Ich schaue mich um. Die einzige Person im Raum, die ein Lächeln im Gesicht hat, ist Martin. Und dieses Lächeln ist alles andere als freundlich.
Nach zehn Minuten bin ich wieder unten auf der Straße.

7

Neunundneunzig ungeöffnete Mails. Einunddreißig Voicemails. Wieder klingelt es irgendwo. Dann piept es. Etwas macht »Pling«. Ein Wunder, dass niemand gegen die Tür bollert. Ich will allein sein, verdammt noch mal. Ich schalte das Handy aus, verschließe das Fenster und verdunkele den Raum.

Wenn man lange genug ins Dunkel schaut, passen sich die Augen an. Die Pupillen erweitern sich und lassen das restliche, immer noch vorhandene Licht an die Netzhaut. Ich muss weiter verdunkeln, um dem Prozess entgegenzuwirken. Bald meine ich es geschafft zu haben. Der Raum ist annähernd verschwunden. Es gibt keinen Raum mehr. Zur Sicherheit ziehe ich mir noch eine Decke über den Kopf. Jetzt ist es wirklich finster. Weiches, warmes Dunkel anstelle der lärmenden, schrillgrellen Tageswelt. Hier kommt die Zärtlichkeit der Nacht, die ich noch mehr herbeisehne als nächtliche Zärtlichkeiten. Ich könnte noch einen Wasserhahn aufdrehen. Ein paar dumpfe Stimmen meine ich ohnehin zu hören, damit

wäre dann die Wiederherstellung eines vorgeburtlichen Zustands perfekt.
Kann man so etwas nicht auch einfach irgendwo kaufen? Wenn es nicht mehr weitergeht, kann man dann irgendwie zurück? »Sorry, Leute, ich habe es mir überlegt, ich möchte doch lieber nicht.« *I would prefer not to.* Wenn ich mich lange genug in einem Raum aufhalte, der nicht mehr da ist, könnte das ja auch bedeuten, dass ich selbst irgendwann verschwinde. Was in der frühen Kindheit Ängste waren, kommt jetzt als Hoffnung zurück. Das Muster der Tapete im Kinderzimmer. Das riesige alte Bett mit den dreigeteilten Sprungfedermatratzen.

Der Waschraum ist riesig. Anstelle von einzelnen Becken gibt es eine große Wanne aus Metall, über der zahlreiche Wasserhähne angebracht sind. Man legt seine Kulturtasche auf ein langes Brett, das unter dem Spiegel an der Wand befestigt ist. Die Handtücher hängen auf der anderen Seite des Raumes. Das Wasser wird nicht richtig warm. Wasserschlachten sind verboten.

Irgendwann spät in der Nacht wache ich auf. Die Wände kommen näher. Ich wälze mich und meine Gedanken hin und her, immer im Kreis. Ich muss hier raus. Ich stehe auf, schaue in den Spiegel, ziehe mir Schuhe und Jacke an und verlasse das Haus.
Es ist vier Uhr morgens. Ich laufe in den Park, um Luft zu schnappen. Während ich das tue, wachen die Natursachen auf. Einige Vögel haben schon vor einer halben Stunde angefangen, jetzt kommen auch noch die Säugetiere hinzu. Die Eichhörnchen sind in den letzten

Jahren immer zutraulicher geworden. Neulich hätte ich beinahe eines, das gerade aus dem Supermarkt kam und an der Ampel wartete, mit dem Fahrrad überfahren. Man kann ja froh sein, dass es hier kaum Wildschweine und Füchse gibt. Eine Krähe pickt an einer toten Ratte herum, und eine der Enten scheint über Nacht erfroren zu sein. An der Ecke rennt ein Mann über die Straße und blickt gehetzt um sich. Er trägt einen langen Ledermantel und hat ein verschweißtes Paket Wasserflaschen unter dem Arm.

Noch hat hier niemand was weggeräumt. Um diese Zeit ist es ruhig und schön. Bald werden die hysterischen Spätgebärenden kommen, um ihre Einzelkinder in den Luxuskindergarten zu bringen, der sich ganz in der Nähe befindet. Dann ist aber Schluss mit lustig. Dem armen Parkwächter werden die herumliegenden Säugetierleichen um die Ohren gehauen werden.

Aber dann werde ich längst nicht mehr hier sein, denke ich. Und während ich das denke, spüre ich, wie mein Beinwerk schwergängiger wird. Statt dass die Füße ganz normal aufsetzen, sinken sie mit jedem Schritt etwas tiefer in den Boden, und ich bekomme sie nur mit Mühe wieder heraus. Eine ganze Weile geht das so, jeder Schritt wird ein bisschen schwerer. Es hängen Bleigewichte an meinen Füßen, die immer weniger zu schleppen sind, und auch die den Weg begleitenden Geräusche ändern sich. Aus dem üblichen »Tapp-Tapp« auf Asphalt wird ein »Plock-Plock« und später, jetzt, ein tiefes »Flump«, als ob ich mich durch Morast bewege.

Ast gesägt, Mast gelegt, passt, der trägt.

Ich erkenne eine Tendenz und bleibe lieber erst mal stehen, um nicht vor dem Amtsgericht zu versacken.

Zum Glück treten die Naturgesetze wieder in Kraft, bevor ich hysterisch werden kann. Wenn das noch einmal passiert, komme ich nicht wieder heraus, dessen bin ich mir sicher.

Ich muss irgendwo hin. Es muss irgendetwas geben, das mich zumindest vorläufig aus der akuten Gefahr holt. Vielleicht sollte ich auf Jimi hören oder Ursula. Aber meinte die nicht, ich sollte am besten einfach mal zur Kur? Was für ein hoffnungsloser, dümmlicher Rat.

Eine Stunde später stehe ich mit meinem Koffer am Hauptbahnhof, die Mütze tief ins Gesicht gezogen.

8

Die Bahnhofshalle ist nur eine Vorhölle, in der Wegelagerer einem den Geruch von Brötchen, Kaffee und Pizza ins Gesicht pusten und stumpfäugige Verkäufer ihre Ware feilbieten. Die eigentliche Hölle ist der Bahnsteig selbst. Es ist viel zu früh, es ist kalt, und die Menschen sehen scheiße aus. Unterschiedlich scheiße, aber scheiße. Die einen haben das Schlimmste schon hinter sich, die anderen haben es noch vor sich. Einige werden vielleicht gerade ihrer letzten Illusionen beraubt und müssen sich eine neue Version der Wirklichkeit zurechtlegen, weil sich die alte verabschiedet hat. Zufälligerweise gehöre auch ich zu dieser Gruppe.

Was für ein lebensfeindlicher Morgen. Die Kälte rieselt von oben herab und zieht unbarmherzig durch die breiten Gänge. Niemand will hier sein, alles ist trostloser Transit. Auch der Abgestumpfteste schlägt den Kragen hoch und zieht den Mantel enger zu. Weg hier, so schnell es geht! Schnell irgendwo ankommen, und sei es nur an einem weiteren Ort des Transits! Sitzt man erst mal in einem Zug, befindet man sich vorläufig in Sicherheit. Ich schaue auf die Anzeigetafel, um mir ein Ziel auszusuchen. München via Würzburg – warum nicht? Es ist sowieso egal.

In der Schlange vor den Ticketautomaten spielt sich eine seltsame Szene ab. Ein distinguierter älterer Herr führt eine längere Auseinandersetzung mit einem Untermenü des Fahrkartencomputers. Er schaut sich alles sehr genau an und überlegt gründlich, bevor er irgendeinen Knopf drückt. Seine ausgesuchte Kleidung und seine Körpersprache deuten darauf hin, dass er es gewohnt ist, die Dinge mit Sorgfalt und ohne Eile zu erledigen. Währenddessen erleidet ein hinter ihm wartender Reisender, der wohl in letzter Minute sein Ticket kaufen muss, beinahe einen Nervenzusammenbruch. Als er die Chance wittert, am anderen Automaten schneller dranzukommen, wechselt er im letzten Moment die Schlange, wo er dann allerdings hinter einer jungen Frau steht, die auch nicht schneller ist, weil sie sich vorher nicht überlegt hat, wohin sie fahren will und mit wie vielen Personen. Als der Reisende entnervt zurückwechselt, hat sich schon jemand anderes auf seine alte Position begeben, sodass er nun noch später an sein Ticket kommen wird. Als Loop in der kosmischen Programmierung wird er jetzt möglicherweise für immer zwischen den beiden Automaten gefangen bleiben.

Während überall Informationen und Ansagen herumschwirren, bleibt die Unsicherheit über Verspätungen und Fahrplanänderungen eine ständige Stressquelle. Alle, die hier ein- oder umsteigen, ziehen in den Kampf um die wenigen freien Plätze im Waggon, die nach einem Ritual vergeben werden, das viel mit den fundamentalen

Gesetzen der Wildnis zu tun hat. Ein Chaos, das meist irgendwann zur Ordnung führt, allerdings unter Aufbietung einer großen Menge Energie.
Eine Textnachricht von Matthias. Ich frage mich, ob er noch im Nachtleben unterwegs ist oder schon wieder seinem Tagesgeschäft nachgeht. Es kommt mir vor, als wäre er immer wach, rund um die Uhr.
Ich ignoriere die SMS. Sie interessiert mich nicht. Ich steige in den ICE »Unser Dorf soll schöner werden« nach München.

Die Stadt verharmlost die Arbeitswirklichkeit der Menschen zu einer Kulisse. Wir fahren mitten durch sie hindurch. Man kann den Hafen erkennen, gleich darauf geht es über die Elbbrücken. Der Zug drosselt seine Geschwindigkeit, wir kommen beinahe zum Stehen. Ein riesiger Konvoi, der aus Lastwagen des Technischen Hilfswerks und der Wasserwerke besteht, steht so ungünstig da, dass wir ganz langsam vorbeifahren müssen. Arbeiter sind dabei, eine Baustelle zu errichten. Sie tragen orangerote Warnwesten, die in der grauen Novemberlandschaft wie eine traurige Erinnerung an den Frühling wirken.
Wir erreichen Hamburg-Harburg mit Verspätung, und es fühlt sich an, als hätten wir schon etwas geschafft. Weitere Menschen steigen ein. Einige, die es sich schon bequem gemacht haben, müssen ihre Plätze wieder aufgeben, weil die Inhaber einer gültigen Reservierungsbestätigung »ab Hamburg« erst hier zusteigen. Ein älterer Herr mit weißem Rauschebart protestiert: Der ganze Zug sei frei. Aber man bleibt unbarmherzig. Auf einem anderen Platz muss ein Geschäftsmann sein schon kom-

plett aufgebautes Büro – Laptop, Smartphone und ein Haufen Papiere – wieder demontieren. Er tut das routiniert und gewissermaßen nebenbei beim Telefonieren.

»Alter, am besten tauchst Du erst mal ein paar Tage unter«, textet Matthias in seiner nächsten Nachricht, als hätte er erraten, was ich vorhabe. Vielleicht steht er gerade nach einem DJ-Job am Tresen und hört sich an, wie irgendjemand seinen Frust über mich ablässt.

In einer weit ausholenden Schleife windet sich der Zug einen Hügel hinauf. Dann gibt es einen Ruck, und das leichte Rattern der Räder setzt mit einem Mal aus. Der ganze Waggon fängt an zu schweben. Schon erscheinen die Baumwipfel der Lüneburger Heide in den Zugfenstern, nach kurzer Zeit blicken wir wie aus einem startenden Flugzeug auf sie hinab. Als in einer Kurve der ganze vordere Zugteil in mein Blickfeld gerät, erkenne ich, dass wir an einem Seil durch die Luft gezogen werden. Wir haben einen herrlichen Blick auf eine riesige Lichtung im Wald, wo ein paar Panzer ein Rennen fahren. Der Zug schwebt die steil abfallenden Hänge der Lüneburger Schweiz hinauf, als wären diese nur eine kleine Anhebung in einer x-beliebigen Mittelgebirgslandschaft. Mit der neuen Seilbahntechnik sei das kein Problem mehr, erklärt mir ein Prospekt, der auf der Rückseite des Sitzes vor mir klebt. Ich könne auf den nächsten Seiten alles darüber erfahren, wenn ich weiterlesen würde, und das wolle ich doch unbedingt, oder etwa nicht? Der Prospekt klingt fordernd. Also lese ich pflichtbewusst die Selbstbeweihräucherung der Seilbahnerbauer zu Ende. Die einzigartige Leistung offenbare sich vor allem an der Gleisentnahmestelle, die eine Sternstunde der Ingenieurskunst sei. Nie zuvor sei ein so komplexes Problem wie die Entnahme eines ganzen Zuges inklusive der Lokomotive aus dem Gleisbett mit so einfachen Mitteln gelöst worden. Dies habe vor allem den Vorteil, dass hier in punkto Sicherheit keine Abstriche gemacht werden müssten und die ganze Technik zudem extrem wartungsarm sei. Für die Reisenden sei das so, als würde der Zug einfach abheben und sich in ein Flugzeug verwandeln. Die Fahrtzeit durch das unwegsame Gelände der Lüneburger Schweiz verkürze sich dadurch um beinahe eine Stunde.

Nach einiger Zeit weckt mich der Geruch verbrennender Bremsbeläge aus meinem Traum. Als ich die Augen öffne, dröhnt es in meinem Kopf, und ich finde mich im ICE »Unser Dorf soll schöner werden« der zweitneuesten Generation wieder. Grau, Blau, Magenta.

Andrea, Matthias, Cole.

Tropical Design.

Alles ist wieder da.

Der morgendliche Nebel hat sich gelichtet. Auf den Feldern und Wiesen sind schwarze Vögel zu sehen, die eifrig herumhüpfen, als wären sie gerade dabei, heimlich ein Krähenreich zu errichten. Sie sind intelligent. Sie können fliegen. Warum sollten sie uns nicht überlegen sein? Jeden Winter arbeiten sie weiter an ihrem Projekt. Wenn es einmal zu einer Eiszeit kommt, wird sich das Krähenreich vielleicht die Welt der Menschen einverleiben. Erst werden die schwarzen Vögel die toten Tiere fressen, dann die toten Menschen und schließlich die lebenden.

»Hallo?«

»Hallo!«

Undeutliches Genuschel, entweder reine Nachlässigkeit

oder ein Aussetzer im Funkverkehr. Jedenfalls kann ich nicht sagen, wer dran ist.

»Wer spricht?«

»Dimitri hier, du Saftschachtel!«

Saftschachtel? Ich mache Geräusche, um ihn zu verwirren und mich für die Beleidigung zu rächen. Eine Art Prusten, gefolgt von röchelndem Einatmen. Einige der Mitreisenden drehen sich zu mir um. Eine Geste soll sie beruhigen: Mein ausgestreckter Zeigefinger kreist um die linke Schläfe (»Ein Verrückter, verstehen Sie?«). Die Leute wenden sich gleichgültig wieder ab.

»Troppelmann, ich weiß, dass du dran bist!«

»Für dich immer noch Thomas, bitte.«

»Wo ist der Schlüssel?«

»Welcher Schlüssel?«

»Der für den Keller, Mann.«

»Hinter der Tür links, an dem Schlüsselbrett. Es ist der mit dem Michael-Jackson-Anhänger.«

»Willst du nicht wissen, was los ist?«

»Nö, es interessiert mich nicht.«

Im Hintergrund höre ich jetzt die vertrauten Geräusche aus dem Büro. Wummernde Musik hinter einer Wand. Mein Gedächtnis ergänzt den Geruch nach kaltem Rauch und abgestandenem Bier. Studiomief.

»Wir haben kein Wasser mehr. Irgendjemand muss den Haupthahn abgedreht haben, oder du hast die Rechnung nicht bezahlt.«

»Wie ich schon sagte, es interessiert mich nicht. Im übrigen kannst du dich bei Problemen mit unserem Mietobjekt immer an unseren freundlichen Hausmeister wenden.«

»Wenn du nicht so ein Trottel wärst, Troppelmann, hätte

ich überhaupt kein Problem mit dem. Aber da du es leider versaut hast, sitzt der Typ jetzt am längeren Hebel und macht uns das Leben zur Hölle. Kein Wort rede ich mit dem.«

»Was ist denn los?«

»Heute hat er angefangen, seine Räume zu renovieren, damit er gleich mit unseren weitermachen kann, wenn wir draußen sind. Der ganze Flur ist mit Möbeln vollgestellt. Ich musste vorhin eine Viertelstunde warten, um überhaupt ins Studio zu kommen. Außerdem behauptet er jetzt, die Renovierung wäre fällig geworden, weil wir beim Herumtragen der Instrumente die Tapeten zerschlissen hätten. Er will uns die Kosten dafür von der Kaution abziehen.«

»Du meinst mir.«

»Ich habe ihm gesagt: Wir haben noch nicht mal Wasser hier, warum sollte ich da überhaupt noch Miete bezahlen? Und ich wüsste ja auch nicht, ob du für die Wasserrechnung aufgekommen bist.«

»Daran kann es nicht liegen, ich zahle für euch alle ... Eh, Dimitri, bist du noch dran?«

Ich nehme sein verächtliches Grunzen als positive Bestätigung. Es vermischt sich mit den Studiogeräuschen im Hintergrund zu einem sonderbaren Soundtrack.

»Es kann auch sein, dass es irgendein Versorgungsproblem mit dem Wasser gibt. Ich bin vorhin an einer riesigen Baustelle vorbeigefahren. Technisches Hilfswerk, Wasserwerke und so. Gleich hinter den Elbbrücken, auf der Veddel. Vielleicht gibt es ja wirklich ein technisches Problem oder so ... Dimitri?«

»Sag mal, spinnst du? Das ist ja wohl die blödeste Ausrede, die ich je gehört habe. Und wo bist du überhaupt?

Wir haben hier ernsthafte Probleme, und du bist nicht da. Haust du jetzt ab oder was? Wann kommst du wieder?«

Ich habe einen Stein vom Weg aufgehoben. Ein Stein ist kleiner als ein Ast, man kann ihn besser verstecken und heimlich befühlen. Irgendetwas muss man befühlen, wenn man die ganze Zeit immer nur einen Fuß vor den anderen setzt. Ich halte den Stein vor meinen Bauch, drehe und betrachte ihn. Dann stecke ich ihn in die Hosentasche und versuche mir seine Form wieder vor Augen zu rufen. Er hat eine kleine Ausbuchtung und darunter eine Delle. Die Delle ist auf der einen Seite glatt. Auf der anderen Seite kann man eine Kante spüren, wenn man will. Meine Finger wollen immer wieder.

Wir sind wohl geraume Zeit durch die Landschaft gerast, als der Zug plötzlich vor einer grauen Betonwand hält, dabei sind wir doch eben erst losgefahren. Ich bin irritiert. Hat es vor dem Halt eine Ansage gegeben?
Als mir klar wird, dass wir in Kassel sind, packe ich eilig meine Sachen zusammen und verlasse den Zug. Ich will mir draußen mal die Beine vertreten und irgendwo was essen gehen. Erst als ich auf dem Bahnsteig stehe und sich die Zugtüren zischend schließen, bemerke ich, dass ich mein Handy-Aufladegerät auf meinem Platz vergessen habe. Ein weiterer Grund, nicht mehr ans Telefon zu gehen.
Ich beschließe, ein bisschen in der Bahnhofsgegend herumzulaufen, bis ich was zu essen finde. Dabei produziert mein Rollkoffer mit seinen harten Rollen, von denen eine immer klemmt, einen so ohrenbetäubenden

Lärm, dass ich schon nach kurzer Zeit der Meinung bin, die halbe Stadt dreht sich nach mir um.

In einem italienischen Schnellrestaurant warte ich eine halbe Stunde, bis ich eine Pizza Margherita bestellen kann. Anschließend dauert es fast genauso lange, bis sie mir serviert wird. Ich nutze die Zeit, um nun doch kurz die Textnachrichten zu überfliegen, die inzwischen auf meinem Handy gelandet sind. Die meisten hätten mich früher beunruhigt. Neben mehreren Aufforderungen von Dimitri (»Ruf mich sofort zurück, Du Arsch!«) finden sich vor allem Zahlungserinnerungen und Absagen von Aufträgen. Ich verbuche alles unter »Anhaltend schlechte Wirtschaftslage«, als wäre das die Schlagzeile der Zeitung, die auf dem Klo gelegen hat und die ich nicht gelesen habe.

Genau in diesem Moment macht das Handy sein übliches »Pling«, um anzuzeigen, dass eine weitere Nachricht eingetroffen ist: »Ich langweile mich auch – LiGru – Ursula.«

Als ich wieder am Bahnsteig bin und herausgefunden habe, wann die Züge fahren, texte ich zurück: »Ankomme 15:15 Uhr Bahnhof Hildesheim.« Als Antwort bekomme ich einen Smiley und die Wegbeschreibung zu ihrer Wohnung.

9

Ursula wohnt in einem dieser ehemaligen Neubaugebiete. Die steingewordenen Sparpläne der kleinen bis mittleren Verdiener der Wirtschaftswunderjahre stehen in Reihen um sauber angelegte Rundwege herum. Jedes Haus beherbergt ein bis zwei Familien und besitzt einen Garten. Ob dort eine junge oder alte Familie wohnt, kann man daran ablesen, ob und welche Spielgeräte in dem jeweiligen Garten herumstehen. Autos werden in gut sichtbaren Carports ausgestellt, welche die Funktion eines Vorgartens übernehmen. Die meisten Häuser haben eine Farbe, die irgendwann einmal weiß gewesen sein mag, aber inzwischen kaum noch das Recht hat, weiterhin so genannt zu werden. Ein einziger Ausreißer ist dabei: Eines der Häuser ist in einem tonartigen Ocker gestrichen.

Sie trägt ihre Haare kurz. Immer schon. Nicht weil lange Haare sie bei ihrer Arbeit behindern würden oder weil es eine entsprechende Vorschrift gäbe, sondern weil sie sich einredet, ein Kurzhaargesicht zu sein. Ich vermute eher, sie will nicht für eitel gehalten werden. Man gerät hier schnell in den Verdacht, etwas Besonderes sein zu wollen. Es gibt einen klar definierten Rahmen, innerhalb dessen man durch Kleidung und Styling auf sich aufmerksam machen darf. Je kleiner die Stadt, desto geringer der Spielraum. So wie sie da vor mir steht, kommt sie mir nicht besonders mutig vor.

Wir sollten uns beim nächsten Mal etwas langfristiger verabreden, jetzt habe sie nur noch drei Stunden Zeit bis zu ihrer Nachtschicht. Ursula gibt mir einen Kuss auf die Wange. Sie trägt eine graue Jogginghose und einen weiten Pullover, so eine Art Hausanzug, und öffnet mir leicht zerstreut die Tür, als hätte ich sie bei irgendetwas gestört. Als ich drinnen bin, strahlt sie mich plötzlich an und fällt mir noch einmal um den Hals. Mehrere Paare ausgetretener Birkenstock-Latschen stehen im Flur unter der Garderobe. Ich versuche mich im größtmöglichen Abstand daran vorbeizuschieben.

Sie bewohnt den verwinkelten oberen Stock eines Sechziger-Jahre-Wohnhauses, in dem wegen der Dachschrägen nur die Hälfte der Grundflächen nutzbar ist. Kleine Schränke und Sofas sind in die Ecken gestopft, in denen man nicht stehen könnte, überall liegen Spielsachen herum.

»Wo ist …?«

»Anton? Bei meiner Mutter. Ich habe ihn vorhin dorthin gebracht. Sie war nicht besonders begeistert, dass ich heute noch eine Doppelschicht hereinbekommen habe, aber sie hilft mir trotzdem immer.«

»Wie alt ist er jetzt eigentlich? Als wir uns das letzte Mal gesehen haben, war er noch im Kindergarten, oder?«

»Er ist acht und in der zweiten Klasse.«

Ursula macht uns in der Küche einen Tee. Anschließend versinken wir in den Polstern eines ramponierten Möbelhaussofas, das Anton wahrscheinlich lange als Trampolin benutzt hat und mit dem ich schon mal Bekanntschaft gemacht habe. Ganz ohne Alkohol und ohne die befeuernde Atmosphäre unserer vorangegangenen Begegnungen kommt das Gespräch nur schleppend in Gang, und wir landen zunächst in der Smalltalk-Hölle. Es geht um die Grundsatzfrage, ob man Kaffee mit oder ohne Milch und Zucker trinkt, und wenn nicht bald jemand einschreitet, wird das nächste Thema das Wetter sein. Aus lauter Verzweiflung erzähle ich ihr von dem Verlust unserer Büroräume und dem merkwürdigen Gespräch mit Dimitri.

»Es ist, als würde sich alles auflösen. Zerbröseln, zerfallen, wie auch immer.«

»Sei doch froh – hier zerfällt nie irgendwas. Alles bleibt so fest und öde, wie es ist.« Sie rührt ungeduldig in ihrem Tee herum, als käme es darauf an, auch die allerletzten Kristalle des Zuckers aufzulösen, bevor man ihn sich zuführen kann. Die Bilder an den Wänden – wenn sie nicht Anton zeigen, wie er dies und jenes zum ersten oder x-ten Mal macht – sind der reinste Kleinstadteskapismus und sollen ablenken von dem, was ist. Das tun sie mal mehr, mal weniger geschmacklos, das Wichtigste an ihnen ist aber immer das, was sie nicht zeigen: Alltag. Die langweiligen Tage, an denen nichts passiert. Stattdessen wird jeder Museumsbesuch und vor allem jeder Urlaub zu einem Ereignis von Weltrang aufgebläht. Wahrscheinlich verhält es sich mit ihrer Musiksammlung genauso. Andererseits könnte sie auch auf totale Zerstörung stehen, dann würde sie Metal hö-

ren, den klassischen Soundtrack zu einem angepassten Leben.
Sie versucht mich zu beruhigen, was meine Verantwortung für das Scheitern der Unternehmung Tropical Design angeht, und ich bin ein dankbarer Zuhörer, ohne dass ich ihr wirklich recht geben kann. Sie geht davon aus, dass meine persönlichen Schwierigkeiten mich zu sehr von den geschäftlichen Belangen ablenken und der gute alte Kahn bei rauer See eben einen tüchtigen Kapitän nötig hätte. So einfach sei das. Ich entgegne gestelzt etwas von gegenseitigen Beziehungen sowohl geschäftlicher als auch persönlicher Natur, die eine hierarchische Struktur, in der jemand rechtzeitig unpopuläre Entscheidungen treffen könnte, verunmöglichen, aber sie schaut mich nur mitleidig an. Sie sieht in mir jetzt das trotzige Kind, das sich den objektiven Gegebenheiten nicht fügen will. Vor noch gar nicht langer Zeit hätte mich das rasend gemacht. Aber die komplett vereinfachte und deshalb so gut verständliche Version meiner eigenen Erfahrungen erscheint mir plötzlich erwägenswert. Irgendwie leichter als alle Gedanken, die ich mir bisher zu dem Thema gemacht habe. Ist es so, dass sie den Abstand hat, der mir fehlt? Oder fehlen ihr die Fülle an Informationen, der emotionale Hintergrund und all die Details, um ähnlich verwirrt zu sein wie ich? Manchmal denke ich, dass andere Menschen einfach gesünder sind als ich, weil sie Schlüsse aus Informationen ziehen können, die für mich nur eine riesige Geröllhalde sind. Und ich frage mich, woran das liegt.
»Weißt du, was ich glaube?«, unterbricht sie mein Grübeln irgendwann.
»Was?«

»Ich kenne euch ja nicht so gut und so, aber es hört sich ein bisschen so ähnlich an wie bei meinem Freund und seinem Plattenladen, nicht ganz so schlimm, aber halt ähnlich.«

»Wir sind doch kein Plattenladen.«

»Natürlich nicht. Aber diese Typen, die bei euch herumhängen, scheinen mir irgendwie übrig geblieben zu sein, genauso wie die Typen im Plattenladen. So als ob sie keinen anderen Ort finden, an dem sie sein könnten. Ich meine, warum sollten die da alle noch ihre Zeit verschwenden, wenn sie woanders Geld verdienen könnten? Was ihr macht, scheint mir nur noch eine nutzlose Rumsitzerei zu sein.«

Diese Sicht der Dinge kommt mir bekannt vor. Es ist die Haltung von Menschen, die nicht viel vom Leben erwarten. »Nicht, solange es noch etwas gibt, für das man sich begeistern kann. Dann ist es eine Investition«, versuche ich dagegenzuhalten.

»Ach, das ist doch Quatsch, von der eigenen Arbeit zu erwarten, dass sie dich begeistert.«

Ich gebe auf und spiele ihr Spiel mit. »Findest du echt?«

»Ja, klar.«

»Und denkst du deshalb, jeder Einzelne von uns hat einen an der Waffel?« Ich lege ihr den Schluss nahe, den zum Beispiel auch meine Eltern ziehen würden.

»Vielleicht sogar das. Gestörte gibt es in dieser Gesellschaft in rauen Mengen. Vielleicht ist euer Büro so eine Art Klinik für Geisteskranke, und ihr wisst es nur noch nicht.«

Ich muss lachen: Das würde tatsächlich einiges erklären. »Gibt es nicht irgendein Gerät, einen Detektor oder so,

der feststellen kann, ob man es ausnahmsweise mal mit jemandem zu tun hat, der keinen an der Waffel hat?«
»Das wäre ein völlig nutzloses Gerät. Es würde sowieso immer ausschlagen. Aber ich finde es hilfreich, mir klarzumachen, dass ein Mensch nie nur aus dem besteht, was er in der Gegenwart ist. Jeder trägt seine Vergangenheit mit sich herum. Immer wenn sich jemand seltsam verhält, kannst du davon ausgehen, dass eine Geschichte dahintersteckt.«
»Das ist allerdings keine Rechtfertigung für schlechtes Benehmen.«
»Aber eine Erklärung.«
Es gibt Abmachungen unter den Menschen, die immer unausgesprochen bleiben und die jeder respektiert. Tatsächlich sind sie mit dem Blut der Götter auf Pergamentpapier geschrieben und unter den Tempeln vergraben worden. Eine davon ist die Regel: Wenn du jemandem deine Geschichte erzählt hast, bist du verpflichtet, auch nach seiner Geschichte zu fragen.
Ursulas Geschichte kommt mir bekannt vor, so als hätte sie mir jemand schon mal erzählt. Ihr Kind und die gescheiterte Beziehung mit dessen Erzeuger haben sie zurück in die Kleinstadt gespült. Ihr neuer Freund (»so on/off«) betreibt einen Plattenladen, der sich langsam in ein Café verwandelt, und betätigt sich hier und da als DJ. Sie kann sich ebenso wenig auf ihn als zuverlässigen Ersatzvater für Anton verlassen wie finanziell auf den leiblichen. Und wenn die Oma sich nicht ab und zu kümmern würde ... und so weiter und so fort. Die Geschichte ist mir so vertraut, dass ich ihr irgendwann nicht mehr folgen kann. Stattdessen beginne ich mich für ihren Körper zu interessieren. Unter ihrem Haus-

anzug zeichnet er sich deutlich genug ab, um einen bestimmten Schalter in mir umzulegen. Wie unabsichtlich rutscht der weite Ausschnitt des Pullovers von Zeit zu Zeit herunter und entblößt dabei den Ansatz ihrer Brüste. Sie trägt keinen BH. Da sie auf dem Sofa hin und her rutscht und so immer in Bewegung ist, rutscht die Jogginghose nach oben und lässt dadurch ihre schlanken Fußfesseln erkennen, die Visitenkarten eines aufregenden Körperbaus.

»Ich bin echt froh, dass ich Sabine habe.«

»Ich habe noch nie Tennis gespielt.«

»Was hat denn Sabine mit Tennis zu tun?«

»Hast du nicht eben gesagt, du hättest Sabine beim Tennisspielen kennengelernt?«

»Nein, das war Tanja. Von der habe ich vor einer Viertelstunde erzählt.«

»Aber«, versuche ich die Situation zu retten, »von der bist du auch froh, dass du sie hast, oder?«

»O ja, sie geht mit Anton und ihren Hunden zusammen ziemlich oft in den Wald.« Ursula erzählt weiter von Sabine und geht dann zum Verhältnis zu ihren Eltern über. Sie möchte, dass ich sie kennenlerne.

Sie kommt immer näher. Ihr Geruch, ihre Haut. Sie atmet schnell. Ich atme schnell. Wir rutschen ineinander und atmen gemeinsam noch schneller. Unsere Lippen berühren sich. Ich schiebe eine Hand unter den Pullover auf ihren Rücken und ziehe sie dicht an mich heran. Noch bin ich unsicher. Ist sie unsicher? Ich kann ihre Hitze durch die weiche Jogginghose hindurch spüren. Je näher wir aneinandergeraten, desto weniger interessiert uns die Unsicherheit. Ein Programm wird angeworfen und läuft schnell auf Hochtouren. Warum sind wir denn sonst hier?, denke ich, als ich ihr den Pullover über den Kopf streife. Endlich fühle ich sie auf meiner Haut. Reine weibliche Wärme. Brüste. Ein süßer Geruch. Etwas entkrampft sich in mir. Unsere Lustgeräusche vermischen sich mit dem mechanischen Quietschen des Sofas. Ursulas Gesicht verändert sich und bekommt eine weiche Entspanntheit, die ich an ihr noch nie gesehen habe. Neu und anders sieht sie aus, wie eine frische Bekanntschaft und trotzdem vertraut. Irgendein Kleiderständer bricht über uns zusammen, während wir über den Fußboden durch die Wohnung rollen. Noch einmal verändert sich ihr Gesichtsausdruck von entspannt zu beinahe irre. Ihr ganzer Körper streckt sich mir entgegen. Dann ist es vorbei, wir liegen keuchend zwischen ihren Sachen und versuchen jede weitere Bewegung zu vermeiden, weil sofort wieder etwas umfallen könnte. Das geht einige Minuten lang so.

»Ich glaube, ich muss gleich los …« Sie versucht den Kopf zur Uhr zu drehen, ohne sich dabei zu bewegen. Trotzdem fällt irgendwas Hölzernes herunter.

»Ich kann dich begleiten.«

»Wenn wir rechtzeitig loskommen, kann ich das Auto stehen lassen und wir gehen noch eine Runde durch den Park«, sagt sie und verschwindet ins Bad, um sich umzuziehen.

Als ich aufstehe, um meine Sachen zusammenzusuchen, stelle ich fest, dass wir in ihrer Sammlung von Gesundheitslatschen liegen, und mir wird wieder ein bisschen schlecht.

10

Der Mittagsschlaf ist am schlimmsten. Er bedeutet, stundenlang herumzuliegen und nichts machen zu dürfen. Wenn man während des Mittagsschlafs auf die Toilette muss, liegt das daran, dass man vorher zu viel getrunken hat. Deshalb dürfen wir beim Mittagessen nichts trinken. Die Bettnässer dürfen auch beim Abendbrot nichts trinken. Es gibt nichts Langweiligeres als den Mittagsschlaf.

Ursula und ich laufen durch eine Vorortlandschaft, die aus endlosen Zeilen von Reihenhäusern und Vorgärten besteht. Der Weg führt angeblich irgendwann in einen Park und zu ihrer Klinik. Eine Zeit lang gehen wir schweigend nebeneinander her, dann fängt sie an, über ihren Job zu reden. Jetzt sind wir wieder bloß Bekannte, die von sich erzählen, ohne dass sich unsere Gedanken so verschränken wie eben noch unsere Körper.
Ich schweife wieder ab. Es fängt an zu regnen. Ich würde jetzt gern meinen Schirm aufspannen, aber der steht

wohl in irgendeinem italienischen Schnellrestaurant in Kassel herum.
»Es ist ja nicht gerade so, dass die alten Leute vor Dankbarkeit auf die Knie gehen. Einige sind richtig boshaft. Wenn die erst mal rausgefunden haben, dass sie sich alles erlauben können, weil sie alles bezahlen …«
»Das stimmt. Mein erstes Auto war ein Lamborghini.«
»… dann mutieren die teilweise zu Tyrannen und wälzen den Frust über ihr verkorkstes Leben und ihr nahes Ende auf die Pfleger ab.«
»Rot mit weißen Rallye-Streifen.«
»Unsereins muss nicht nur die beleidigende Art der Alten ertragen, sondern auch noch den Druck von oben, wenn irgendwelche Beschwerden kommen.«
»Fünf Zylinder, acht Gänge. Oder umgekehrt.«
»Das Anstrengendste ist ja gar nicht, morgens aus dem Bett zu kommen – da sorgt Anton schon für –, sondern diese ständig wechselnden Schichten und das Ganze mit dem Kind organisiert zu kriegen.«
»Ich fuhr damit durch die Berge, weil die Kurven viel interessanter waren als die Geraden.«
»Manche der Kollegen verwenden ihren ganzen Ehrgeiz darauf, sich möglichst viele von den unbeliebten Schichten vom Hals zu halten, als hätten sie keine anderen Ziele im Leben. Ständig muss man aufpassen, dass sie einen nicht übervorteilen. Das ist so anstrengend. Die Zeit und die Energie, die man aufbringen muss, sich dagegen zu wehren, werden einem auch nicht angerechnet, geschweige denn bezahlt.«
»Wenn es langweilig wurde, nahm ich ein zweites Auto und ließ sie ineinanderkrachen. Experimente mit Masse und Geschwindigkeit …«

»Die ständig wechselnden Schichten sind natürlich blöd für Anton, weil er sich die Wochentage noch nicht merken kann. Wenn ich ihm am Montag sage, dass ich ihn Mittwoch nicht von der Schule abholen kann, hat er es Dienstag schon wieder vergessen. Dann steht er da vor der Tür und ist enttäuscht, dass niemand kommt.«

Ein Geräusch, als ob jemand auf eine Katze getreten wäre, dringt durch das Grün zu uns herüber. In dem Garten neben uns läuft eine ältere Frau auf uns zu, während sie mit ihrer Gartenschere herumfuchtelt, und brüllt irgendetwas. Wir drehen beide den Kopf in ihre Richtung, kommen aber nicht darauf, was sie von uns will. Dann bemerke ich, dass ich im Gehen mit der Hand über ihre Buchsbaumhecke geglitten bin, was sie offensichtlich als Verletzung ihrer Eigentumsrechte ansieht. Bevor ich etwas erwidern kann, sind wir schon vorbei, und das Keifen bleibt wie in einem Videospiel hinter uns zurück. Vielleicht hätte ich mit Tannenzapfen nach ihr werfen sollen, um Bonuspunkte zu bekommen.

Ursula berichtet weiter über das, was sie zu ertragen hat. Dabei sieht sie aber eigentlich ganz zufrieden aus. Die Fähigkeit, auszuhalten, was von ihr verlangt wird, scheint sie auch stolz zu machen. Trotzdem – oder vielleicht gerade deswegen – hören ihre Beschwerden nicht auf. Aber sie hat ihren Platz im Leben immerhin gefunden, denke ich. Es ist vielleicht ein ungemütlicher, ungerechter und demütigender Ort, aber sie muss nicht mehr herumirren und weiß, dass es wenigstens nicht noch schlimmer kommen kann, während in meinem Leben in regelmäßigen Abständen alles zusammenbricht. Während meine Art langsam ausstirbt, ist ihre dabei, sich zu vermehren. Die Klinik wächst und wächst, und überall schießen neue Heime aus dem Boden, weil es immer mehr alte Menschen gibt. Um nicht weiter daran denken zu müssen, spiele ich in Gedanken wieder mit den Matchbox-Autos meiner Kindheit.

Wo ist eigentlich mein Kuli?

Wir setzen uns auf eine kleine Bank, die direkt gegenüber einer Buchsbaumhecke aufgestellt worden ist. Sie erinnert mich an Bushaltestellen und ihre eigentliche Bedeutung: zu warten. Entwürdigendes Warten. Stehengelassen werden. Sitzengelassen werden. Es dauert und dauert, bis der Bus kommen wird. Endlos verwartete Zeit. So viele Stunden werden verschwenderisch in der Gegend abgesessen. Ein Gefühl der Hilflosigkeit gegenüber der Größe und Unübersichtlichkeit der Landschaft stellt sich dabei ein. Die Landschaft ist ein Labyrinth, aus dem man niemals wieder herausfinden wird. Dann kommt er endlich, der Bus. Und man ist schlagartig nicht mehr böse, da ist dann nur noch die Dankbarkeit, dass die große Langeweile endlich zu Ende ist.

Die Bank ist mit Sicherheit nicht wegen der guten Aussicht hier aufgestellt worden, denn es gibt keine. Jeder einzelne Garten, der hier angelegt ist, scheint sich vor ungewollten Blicken durch Buchsbaumhecken zu schützen.

»Ich habe gelernt, das alles nicht mehr so schlimm zu finden«, sagt sie mit missionarischem Unterton, und ich komme mir schon wieder wie ein Kind vor. Dieses Mal nicht wegen meines Trotzes, sondern weil sie mir wie eine Mutter in die Seele pustet, als wäre diese ein aufgeschrammtes Knie, und »Ist doch alles nicht so schlimm« haucht. Eine verletzende Geste für ein Kind, das ernst

genommen werden will: Ist eben doch schlimm und tut weh. Mütter haben nicht immer recht.
»Ich habe nichts gelernt«, erwidere ich ernst, aber sie fasst meine verspätete Antwort als Witz auf und lacht.
Im Weitergehen versuche ich in die unterschiedlichen Grautöne der Häuser Farben zu interpretieren. Ich habe mich der reizarmen Umgebung offenbar schon angepasst.

Jetzt sind die Jungs dran. Wir stehen wieder in einer Reihe im Flur, der immer kälter wird, beobachten die kleinen Hügel, die auf unseren Armen entstehen, und vergleichen unsere Körperteile. Arme, Beine, Bauch, Penis, Zunge. Einer hat Ohren, mit denen man ein Segelschiff antreiben könnte. Nach und nach öffnet sich für jeden von uns die Tür zum Behandlungszimmer. Wer wieder herauskommt, läuft schnell zurück in sein Zimmer, um sich anzuziehen. Einatmen, Ausatmen, Husten, Kniebeuge. Der Mann im weißen Kittel bellt seine Anweisungen, ohne mich eines Blickes zu würdigen. Die Schwester im Raum passt auf, dass ich seine Zeit nicht verschwende, und wird böse, wenn ich etwas nicht gleich verstehe.

Je länger wir unterwegs sind, desto weniger gehen wir zusammen und desto mehr laufen wir nebeneinander her. Bis wir irgendwann schließlich in einen langen geraden Weg einbiegen, der direkt auf die Klinik zuführt. Die Buchsbaumhecken machen Platz für eine große, parkähnliche Landschaft, die schon zu dem Gesundheitszentrum zu gehören scheint. Das Gebäude selbst ist eigentlich eine Ansammlung von Anbauten, die sich um ein kleineres Stammhaus, einen Altbau, herum gruppieren. Man kann geradezu sehen, wie es wächst. Es ist ein Monster, das seine Arme ausstreckt und sich nach und nach über den ganzen Hügel stülpen wird, auf dem es sich befindet. Wir stehen noch eine ganze Weile nebeneinander, solange es eben geht, und reden über eigentlich nichts, bis sich das Monster irgendwann Ursula schnappt.

»Ich muss jetzt wirklich los«, sagt sie noch. Und: »Versuch doch einfach mal, an dich zu denken. Die anderen machen dich nur fertig.«

»Es scheint, als ob jeder irgendetwas hat, das ihn fertig macht.«

Sie nickt nicht ganz überzeugt. Eher so, als ob sie jetzt keine Zeit mehr hat zu widersprechen und ich wieder dieses kleine Kind bin, welches das letzte Wort haben muss. Dann gibt sie mir noch einen Kuss auf den Mund und marschiert zum Klinikum. Wenigstens ist jetzt nicht wieder von einer Krankheit die Rede oder davon, dass ich irgendetwas über mich herausfinden soll. Ich hasse diesen Psycho-Scheiß.

Ich drehe mich um und mache mich auf den Weg zurück. Der Bahnhof müsste kurz hinter ihrer Wohnung liegen, und ich brauche eigentlich nur in die gleiche Richtung zu gehen, aus der wir gekommen sind, aber schon nach wenigen Schritten finde ich zwischen den Buchsbaumhecken nicht mehr den richtigen Weg. Das Grau und Grün liefern keinerlei Anhaltspunkte darüber, wo ich mich befinde. Ich versuche mich an der sanften Steigung zu orientieren, die wir vorhin meiner Erinnerung nach bergab gelaufen sind. Die ganze Landschaft verwandelt sich vor meinen Augen in eine graugrüne

Wüste, in die ich ohne Panik weiter hinein schlendere, als wäre die Abwesenheit erkennbarer Landmarken für den erfahrenen Wanderer kein Problem. Wenn alles gleich ist, gleich aussieht und überall das Gleiche ist, dann macht es keinen Unterschied, an welchem Ort genau man sich in dem ganzen Gleichen befindet. Weder das Vorwärts- noch das Rückwärtsgehen bringt einen irgendwo hin.

Ich gleite durch das Grün und Grau wie ein Taschenmesser durch einen Käse, der zu lange in der Sonne gelegen hat. Irgendwann finde ich es sogar schön und komme auf diese Weise nach einer unbestimmten Zeit doch noch am Bahnhof an.

11

Hildesheim war nicht der Ort, den sich Ursula erträumt hat, sondern derjenige, an den sie zurückkehren konnte, als es eng wurde. In den drei Jahren zwischen unserer ersten und zweiten Begegnung hat sie sich von einer Besucherin in eine echte Bewohnerin verwandelt. Ob es einen Ort gibt, an den ich zurückkehren könnte? Ein Netz, das mich auffangen würde? Meine eigenen Eltern waren immer schon zu sehr mit sich selbst beschäftigt, um in dieser Hinsicht eine Hilfe zu sein. Vorläufig begnüge ich mich mit dem Reisen an sich. Ich sehe die Bahn als Fluss, dessen Bewegung man nicht mehr wahrnimmt, sobald man sich in ihm treiben lässt. Auf die Art befreit von dem Zwang, sich selbst bewegen zu müssen, macht das Leben eine Atempause.
Aus dem Zugfenster heraus kann man das ganze Elend zudem nicht erkennen, weil alles so schnell vorbeizieht. Die kleinen Erfolge und Misserfolge von Tropical Design sind auch schon irgendwo verschwunden. Alles ist zu weit weg, als dass es mich noch interessieren würde.

Kehrte ich nach Hamburg zurück, um den anderen zu helfen, würde das auch nichts mehr ändern. Bald wird sich alles in Luft auflösen. Unser immer schon windiges Geschäft wird der Wirklichkeit Platz machen. Das Feld, das Hausmeister Schröter bestellt, ist einfach fruchtbarer.

Wir sitzen auf Gartenstühlen in einem Park vor einer riesigen weißen Muschel. Aus Langeweile schrauben wir an den Möbeln herum, bis sie unter uns zusammenbrechen. Dann kommt immer jemand und schimpft. Die Gartenstühle sind aus glattem Holz, und die baumwollene Sitzfläche geht an etlichen Stellen aus den Nähten. Die Löcher lassen sich mit den Fingern vergrößern.

Auf meinem Handy kann man Nachrichten löschen, ohne sie vorher lesen zu müssen. Diese unglaublich praktische Funktion probiere ich heute zum ersten Mal aus. Leider nehme ich dabei unabsichtlich einen Anruf von Dimitri an. Er ist außer sich, doch ich bin entschieden zu weit weg, um mich dafür zu interessieren. Die Lautstärke, mit der er mich beschimpft, zwingt mich dazu, das Handy etwas weiter entfernt von meinem Ohr zu halten. Auch das ist allerdings nicht besonders hilfreich, wenn ich erfahren will, was vorgefallen ist. Ein Grundrauschen, gemischt mit »Arschloch«, »Versager« und sonst was für Beschimpfungen, das ist alles, was ich seinem Ausbruch entnehmen kann.
Weil es mir jetzt doch keine Ruhe lässt, rufe ich Matthias an, der offenbar schon vor mir in Dimitris Zielradar geraten ist. Seinem Bericht nach hat sich Folgendes zugetragen: Dimitri ist im Keller gewesen und hat nach

zwei Stunden Suche endlich den Haupthahn gefunden, aber erst nachdem ihm dort Hausmeister Schröter begegnet ist, der die Situation schamlos ausgenutzt und Dimitri gezwungen hat, mit ihm zu sprechen. Es hat sich herausgestellt, dass auch der Swinger Club kein Wasser mehr hat und der Betrieb des Whirlpools somit unmöglich geworden ist. Gemeinsam haben sie an dem Haupthahn herumgefummelt. Keiner von ihnen hat sich daran erinnern können, ob der Wasserhahn nach rechts oder links gedreht werden muss, um das Wasser durchzulassen. Schröter hat sich nur an den Spruch »Solange das deutsche Reich besteht, wird die Schraube nach rechts gedreht« erinnert, aber nicht mehr gewusst, ob dieser sich auch auf Wasserhähne bezieht. Als Hausmeister sei er ein Versager, das ist Dimitris Meinung. Genau das Gleiche denke er übrigens über mich. Und nicht nur er allein. Eigentlich sei die ganze Stadt dieser Meinung. Vor allem mein tätlicher Angriff auf Frank, den Manager von Cole, mache in der Gerüchteküche die Runde. Was das denn sollte?

Der ganze Vorgang ist offenbar ordentlich aufgebauscht worden. So als hätte ich gestern Abend in der Hamster Bar eine Kalashnikov bei mir gehabt, in der Absicht, den armen Manager zu erschießen. Ob ich vorhätte, meine Kunden in Zukunft immer auf diese Art zu akquirieren, und ob ich den Verstand verloren hätte und so weiter und so fort – das seien die Fragen, die Matthias gestellt würden, weil ich nicht erreichbar sei.

»Wo steckst du eigentlich?«

»In einem Zug.«

»Und was machst du da? Also, ich meine, ich habe eine Ahnung, wovor du abhaust, aber wohin geht die Reise?«

»Ich habe keine Ahnung. Vielleicht besuche ich mal wieder meine Eltern.«
»Oh«, entfährt es ihm erschrocken und dann, nach einer längeren Pause: »Soll ich noch irgendwas für dich regeln, oder ist dir schon egal, was aus uns wird?«
»Ach, weißt du, um dich mache ich mir keine Sorgen, und das ist ja die Hauptsache. Du kriegst das schon hin. Und am Schicksal von Tropical Design könnten wir beide auch mit vereinten Kräften nichts ändern.«
»Kann sein. Wahrscheinlich hast du recht. Aber mir macht es immer noch Spaß, mich für den Laden einzusetzen.«
Ausgerechnet derjenige, der am wenigsten von ihr abhängig ist, kümmert sich um den Erhalt der Firma. Auch irgendwie komisch. Aber vielleicht logisch. Alles ist nur ein Spiel, wenn es nicht wirklich um die Existenz geht. Im übrigen eines, das mich nicht mehr interessiert. Ich bin nicht sicher, ob mir wirklich alles am Arsch vorbeigeht. Aber wenn man für nichts mehr Energie aufbringen kann, bedeutet das wohl, dass einem alles egal ist.

Ein quäkendes Geräusch dringt aus der riesigen weißen Muschel. Es ist Musik. Aber das Muschelding, das eine Bühne sein soll, ist leer. Die Musik kommt aus zwei Lautsprechern direkt daneben. Manchmal wird sie ganz laut, dann wieder leise. Es sollen wohl Geigen sein, aber sie klingen so, als ob jemand mit den Fingernägeln über eine Tafel kratzt. Der Wind verweht die Töne zu einem Spuk. Wenn ich die Augen schließe, sehe ich einen erkälteten Engel vor mir, der aus dem Himmelreich verbannt wurde, weil seine Harfe verstimmt war. Alles, was er jetzt noch tun kann, ist, uns eine verstümmelte Ver-

sion seiner himmlischen Musik zu husten. Keiner kann sich lange darauf konzentrieren.

Die kleinen Symbole auf dem Handydisplay, die einen ständig auffordern, irgendwo anzurufen oder sich irgendwelchen Quatsch anzuhören, der einem später sowieso noch mal als E-Mail serviert wird, sind hauptsächlich dazu da, nicht beachtet zu werden. Nachrichten zu ignorieren ist einfach cooler, als ständig welche in Empfang zu nehmen. Die Leute müssen sich ja sonst gar nicht mehr bemühen, mit einem in Kontakt zu kommen, und das wissen sie letztlich gar nicht zu schätzen. Zwar tun sie so, als würden sie sich freuen, dass man immer so unkompliziert, zuverlässig und hilfsbereit ist, aber am Ende machen sie einen genau deswegen zu ihrem Handlanger, Steigbügelhalter und Sklaven.

Als sich eine Schaffnerin nähert, wird mir klar, dass ich ein Ziel brauche, um die Frage beantworten zu können, die sie mir mit Sicherheit stellen wird, wenn ich die Fahrkarte nachlösen muss.

Die Telefonnummer meiner Eltern ist eine der wenigen, die ich als physische Bewegung in meinem Gedächtnis gespeichert habe, weil sie auch eine der wenigen ist, die ich noch auf einer Wählscheibe gewählt habe. Ich komme also gar nicht erst in Versuchung, mich durch die Untermenüs des Adressbuches zu wühlen, die mich dazu verführen könnten, irgendwelche Textnachrichten zu lesen.

»Hallo Mutti.«

»Thomas?« Ihr Tonfall verrät aufrichtiges Erstaunen. »Moment mal ...« Wahrscheinlich muss sie erst irgendeine Gerätschaft zur Seite legen, um die Hände zum

Telefonieren frei zu haben. »Das ist aber schön, dass du anrufst! Wir haben ja lange nichts von dir gehört.«

»Ja, ich weiß. Tut mir leid, wir hatten hier so viel Stress.«

»Ich vermute ja auch immer, dass es dir gut geht, wenn du dich nicht meldest. Und außerdem: Stress bedeutet doch nur, dass die Firma gut läuft, oder?«

Sie hat keine Ahnung, wie sehr sie mit dieser Annahme danebenliegt.

»Sicher, da hast du recht«, antworte ich trotzdem, um sie nicht zu beunruhigen. Ich versuche ihr immer nur die guten Nachrichten zu überbringen. Eltern sind wie Aktionäre. »Ich hatte bei euch in der Gegend zu tun und habe keine Lust, noch so spät nach Hamburg zu fahren. Kann ich vielleicht bei euch übernachten?«

»Wie schön! Ja natürlich, komm vorbei«, sagt Mutti. »Dein Vater ist unterwegs und erst am späten Abend wieder da.«

Ich schaue auf die Uhr. Es ist kurz vor sieben. »So gegen neun bin ich da.«

12

Am Umsteigebahnhof Hannover herrscht die übliche Hektik. Hier steigt selten jemand aus. Die meisten Reisenden wechseln nur das Gleis und sehen deshalb nichts von der Stadt, sofern die Züge pünktlich fahren. Meiner ist so gut wie leer. Die paar Leute, die darin sitzen, haben ausreichend Platz, sich zu entfalten. Anscheinend will heute niemand ins Ruhrgebiet. Als der Zug endlich den Weg aus der Stadt herausgefunden hat, ist es zunächst flach. Dann kommen die Abraumhalden der Eiszeit, dann wird es erneut flach.

Der Junge mit den Segelohren hat die Bauklötze herumliegen lassen und behauptet, dass ich es war. Deshalb darf ich nach dem Mittagsschlaf nicht nach draußen. Ich will nach Hause. Ich liege auf meinem Bett und versuche etwas zu finden, das mich an zu Hause erinnert. Ein Stofftier. Ein Brief, eine Postkarte. Die in die Wäsche eingenähten Namensschilder. Irgendetwas.

Wieder das Handy. Es ist Jimi. Er möchte sich mit mir verabreden. Als ich ihm mitteile, dass ich nicht in der Stadt bin, will er wissen, wann ich zurückkomme.
»Ich habe keine Ahnung.«
Er findet meine Andeutungen, ich könnte die Stadt für längere Zeit verlassen, melodramatisch. »Jaja, schon gut – du nimmst dir ein paar Tage frei, und wenn du dich wieder eingekriegt hast, rufsch du mich an, klar?«
Ich verspreche es ihm, und wir verabschieden uns.
Dann – wo ich schon mal so weit bin – öffne ich eine SMS von Matthias. »Schlechte Nachrichten verbreiten sich schnell«, schreibt er. »Alle wollen ihr Geld und finden, dass Du ein Arschloch bist. Irgendjemand hat noch einen Computer mitgenommen.« Das Büro sei in Auflösung begriffen und ich solle schleunigst zurückkommen und mein Leben in Ordnung bringen. Die nächste Mitteilung, ebenfalls von Matthias: »Hausmeister Schröter steht schon mit einem Werkzeugkoffer vor der Tür. Er kann es nicht abwarten, die Wände zu unseren Räumen einzureißen. Der ganze Flur ist bereits eine Baustelle. Jeder, der zu uns will, muss jetzt erst mal über Schröters Gipsplatten steigen.«
Ich habe genug, mache das Handy aus und bewege mich durch den endlosen Gang zum Speisewagen. Ein vielleicht gerade dem Teenageralter entwachsenes Liebespaar knutscht und befummelt sich hemmungslos zwischen den Waggons. Eine ältere Dame versucht sich an ihnen vorbei zur Toilette zu zwängen. Als der Zug eine Kurve nimmt, verliert sie das Gleichgewicht und fällt auf das Paar, das sich davon aber nicht stören lässt. Es sieht so aus, als wollte die Dame mitknutschen, bis sie sich schließlich wieder abstößt und weitertaumelt.

Im nächsten Wagen versperren drei Riesenkoffer den Weg. Ich muss über sie hinwegsteigen wie über Findlinge aus der Eiszeit, was ohne Seil und Steigeisen einige Zeit in Anspruch nimmt. Weiter vorn wird es gerade laut, weil die Auseinandersetzung zwischen einem Dreijährigen und seiner Mutter eskaliert, eine Art Kriegslärm. In einem Wutanfall fegt der Kleine das Würfelspiel, die Thermoskanne und die Keksdose vom Tisch. Den Gegenschlag der Mutter bekomme ich leider nicht mehr mit, weil sich Fahrgäste hinter mir beschweren, denen ich den Weg versperre.
Im nächsten Waggon passiere ich die Generalität, welche die Kampfhandlungen und strategischen Manöver im Zug plant. Ein General, zwei Offiziere und eine ganze Reihe von einfachem Fußvolk stehen beisammen und beraten sich in verschwörerischem Ton. Holzpaneele in dunklen Tönen und schwere Vorhänge vor den Fenstern tauchen alles in ein schummriges Licht. Die höheren Ränge tragen schwere kniehohe Stiefel und paffen Zigarren. Der General spricht in ruhigem, aber bestimmtem Ton mit den Offizieren und schaut ab und zu gelangweilt auf seine Taschenuhr. Er kennt die allerfeinsten Gesten der Herabwürdigung, auf die es in Führungspositionen ankommt.
Etwas weiter vorn sitzt eine Frau an einem schweren Eichentisch, auch sie in Uniform, die allerdings eher nach der einer Richterin aussieht. Auf dem sehr aufgeräumten Tisch liegen ein Füllfederhalter, ein Stapel unbeschriebener Papiere sowie ein Löschblattstempel. Vor dem Tisch hat sich eine Schlange gebildet, einfache Leute in ärmlichen Kleidern, die irgendetwas von ihr zu wollen scheinen. Ich versuche mich an ihnen vorbei zu zwän-

gen, aber in dem Verbindungsteil zwischen den beiden Wagen falle ich um und werde mit dem Gesicht auf den Boden gedrückt. Es ist gefährlich, weil die metallenen Bodenplatten hier beweglich übereinanderliegen. Eine plötzliche Kurve wäre jetzt das Ende meiner Nase, also versuche ich so schnell wie möglich wieder hochzukommen und erreiche endlich den Speisewagen.
Ich setze mich an einen Tisch zu einer Zeitung, aus der unten zwei Beine herausschauen. Sicher, der Platz sei noch frei, meint sie, und ob ich bis jetzt eine gute Reise gehabt hätte. Das könne ich nicht behaupten, entgegne ich. Die Zeitung findet das ganz normal, man solle einfach nicht so viel darüber reden und lieber die guten Augenblicke im Leben zählen. Sie selbst zum Beispiel sei schon vor geraumer Zeit über das Bauherrenmodell gestolpert und lebe seitdem vom Existenzminimum. Aber Geld sei eben nicht alles. Sie würde in der Arbeit an sich Erfüllung finden.
»Sind Sie auch schon bei der Generalität gewesen?«, fragt die Zeitung dann unvermittelt.
»Ja, natürlich. Aus diesem Zugteil komme ich.«
»Gehen Sie niemals in die andere Richtung. Ab und zu wird der Zug etwas kürzer … wenn Sie verstehen, was ich meine.«
Ich habe keine Ahnung, was sie meint, bis mir dämmert, mit wem ich es hier zu tun habe. »Ah, jetzt weiß ich: Sie sind eine Verschwörungstheorie!«
Hinter der Zeitung kommt ein Herr mittleren Alters zum Vorschein, der mich mit großen, freundlichen, aber auch ratlosen Augen ansieht. »Wie bitte?«
»Entschuldigen Sie, ich war in Gedanken. Ist der Platz hier noch frei?«

»Sie sitzen ja schon.«
»Auch dafür muss ich mich wohl entschuldigen.«
»Alles in Ordnung, behalten Sie Platz. Ich empfehle Ihnen das Jungbullenfilet.«
»Vielen Dank.«
Als der Kellner kommt, bestelle ich den Erbseneintopf und ein Glas Wasser.«
»Mit oder ohne Kohlensäure?«
»Ohne. Einfach nur Leitungswasser, bitte.«
»Tut mir leid, aber Leitungswasser führen wir nicht. Es gibt keine Leitungen in einem Zug.«
»Na schön. Dann eben das andere.«
Auch die Zeitung lasse ich mir an den Tisch bringen. Ein längeres Interview mit Cole befindet sich darin. Ich bin nicht überrascht, dass im Vorfeld einer neuen CD etwas über ihn erscheint. Schon eher über die Tatsache, dass es gar keine Veröffentlichung geben wird, wie Cole in dem Gespräch ankündigt. Die Kunstform alternativkritischer Popmusik sei tot, behauptet er, entwertet durch die Maßlosigkeit und Beliebigkeit der Veröffentlichungen im Internet. Er habe darum entschieden, sich ganz aus dem Musikgeschäft zurückzuziehen und sich anderen Kunstformen zu widmen, bis es wieder eine Plattform für ernsthafte, nicht bloß den Mainstream bedienende Popmusik gebe.
War es das, was mir Frank in der Hamster Bar nicht sagen wollte? Der Auftrag für Tropical Design also tatsächlich null und nichtig?
»Entschuldigung?« Der Kellner steht noch einmal am Tisch, wo sich jetzt zwei Zeitungen gegenübersitzen.
»Ja, bitte?«
»Ist das Ihre Geldbörse?«

Was er in der Hand hält, kommt mir bekannt vor.
»Ja, wirklich. Vielen Dank! Wo haben Sie die denn gefunden?« Das hätte ich allerdings auch gesagt, wenn sie mir nicht bekannt vorgekommen wäre.
»Vielleicht können Sie mir kurz sagen, wie Sie heißen? Damit ich sicher sein kann, dass es auch Ihre ist.«
»Thomas Troppelmann. Mein Ausweis müsste drin sein.« Er kann sich ein Grinsen nicht verkneifen und reicht mir das Portemonnaie. »Sie haben es drüben im Bistro, wo die Zeitungen verkauft werden, liegengelassen. Der Herr nach Ihnen war so freundlich, es bei uns abzugeben.« Er zeigt auf einen schmächtigen jungen Mann, der ein paar Tische weiter sitzt und jetzt freundlich zu mir herüber winkt.
»Aber das kann nicht sein«, erwidere ich. «Sie haben mir die Zeitung doch hierher an den Tisch gebracht.«
»Also, ich ganz bestimmt nicht, daran würde ich mich erinnern. Meine Kollegin vielleicht? Aber das kann ich mir ehrlich gesagt auch nicht vorstellen.« Er schaut nicht auf, während er auf dem Nachbartisch Bierpfützen wegwischt.

Alkohol, der Rauch von einhundert Zigaretten, knisternde Spannung, Sex: Die Luft in der Bar ist mit allem angefüllt, was Spaß macht. Ursula steht neben mir. Ihr eng anliegender Hosenanzug, dessen Reißverschluss sie weit heruntergezogen hat, um ihr Dekolletée zu modellieren, passt so gar nicht zu der kleinstädtischen Umgebung, in der wir uns befinden. Von der anderen Seite eines Tresens reicht sie mir ein Getränk herüber. Es ist milchig und wird durch das Discokugel-Licht bunt eingefärbt. Ein langer Blick in ihre Augen, die mich ver-

schlingen, bis ich ganz in ihnen verschwunden bin. Die Nacht, das milchige Zeug, Ursula, alles wirbelt durcheinander. Bald darauf stolpern wir aus einem Taxi in die kalte Nachtluft vor ihrem Apartment. Es sind nur ein paar Stufen zu ihrer Wohnung, die wir allerdings ineinander verkeilt bewältigen müssen.
Drinnen ist es viel zu hell. Über mir hängt eine riesige Lampe, die den ganzen Raum steril beleuchtet. Ich liege auf dem Rücken und starre auf die Glühbirne. Aus dem Nebenzimmer dringen Geräusche. Jemand wühlt in einer Kiste mit Metallsachen herum. Als ich mich umdrehen will, fällt mir auf, dass ich auf einer Liege festgebunden bin und mich nicht bewegen kann. Bald darauf erscheint eine Krankenschwester. »Ursula« steht auf dem Namensschild an ihrem Kittel. Aber es ist nicht Ursula. Sie beugt sich leicht über mich und lächelt freundlich. In ihrer Hand hält sie eine Spritze. »Es tut gar nicht weh.« Ich werde grob auf den Bauch gedreht und blicke auf den Boden. Weiße Kniestrümpfe, die in Gesundheitslatschen stecken. Daneben ein Eimer mit einem roten Schlauch. Tränen schießen mir in die Augen. Ich kann nicht mehr atmen. Es fühlt sich an wie ein Asthmaanfall. Dann spielt mein Magen auch nicht mehr mit. Ich kotze vor Angst auf die Gesundheitslatschen. Ich kotze schwarze Vollkornkrümel, die sich in meinem Schoß sammeln und die ich mit einer Handbewegung auf den Boden wische – als im Zug eine Ansage ertönt.
»Meine Damen und Herren, in wenigen Minuten halten wir nun in Dortmund Hauptbahnhof. Aufgrund unserer aktuellen Verspätung von fünfzehn Minuten erreichen Sie dort noch folgende Anschlüsse …«

13

Die Buslinie 645 fährt seit über hundert Jahren zwischen der Haltestelle der Regionalbahn und dem kleinen Ort hin und her. Und genau so lange sitzt auch der leicht überforderte hagere Mann mit Schnurrbart und Mütze hinter dem Steuer. Die Türen öffnen sich unter Schmerzen und tun das mit einem Ächzen kund. Jeder neue Fahrgast wird mit einem Augenrollen und einem unterdrückten Stöhnen begrüßt, das wohl heißen soll: »Was wollen Sie denn hier?«, bevor dann doch pflichtgemäß nach der Fahrkarte gefragt wird. Wohl dem, der jetzt schon eine hat und weiß, bis zu welcher Station er fahren muss. Wer es nicht weiß, sollte lieber schweigen und einfach irgendwo aussteigen, wo es ihm bekannt vorkommt. Alles ist besser, als es dem Mann hinter dem Steuer zu beichten.

Er schaut mir in die Augen, ohne mich zu erkennen, obwohl er mich wohl tausend Mal gefahren haben muss, und winkt mich mit einem Nicken durch. Einige Senioren sitzen in der ersten Reihe. Es gibt einen kräftigen

Ruck, als der Bus anfährt, und ich habe Mühe, mich festzuhalten. In der nächsten Kurve rutsche ich dann zusammen mit meinem Koffer in eine freie Reihe. Ich habe nun beinahe zwanzig Minuten Zeit, mir die vertrauten Häuser und Straßen anzuschauen, die sich hier seit mehr als hundert Jahren befinden.
Irgendwann erkenne ich die Wege und Routen, die ich mir als Kind zu einem inneren Stadtplan zusammengebaut habe, um trotz abenteuerlichster Unternehmungen wieder nach Hause zu finden. Seitengassen und Spielstraßen sind ein hervorragendes Revier für all die Fahr- und Spielzeuge, die einem in dieser Zeit zur Verfügung stehen, bergen aber auch die ständige Gefahr, die Kontrolle zu verlieren, sich zu verirren. Abgesehen davon, dass es sich nur um ein paar einfache Wege handelt, in denen sich ein erwachsener Mensch niemals verirren könnte, sind die Häuser natürlich viel kleiner, die Hecken niedriger und die Bäume weniger majestätisch, als ich sie in Erinnerung habe. Auch ist alles reichlich heruntergekommen. Fassaden zerfallen und Unkraut wuchert aus nicht reparierten Stellen in der Matrix. Eigentlich müsste es eine Art Bürgerwehr geben, die den Wildwuchs mit gelben Kanistern auf dem Rücken besprüht und vernichtet. Dass das nicht der Fall ist, scheint mir ein schlechtes Zeichen zu sein: Die Gegend ist schon zu schwach, um sich zu wehren.
Das Haus steht noch an Ort und Stelle. Es ist schön, wenn die Vergangenheit einen Platz hat, den man betreten kann. Es ist das Gebäude, in dem immer noch wilde Tiere wohnen. Nur die riesige alte Kreuzspinne im Garten wird wohl nicht mehr leben.
Wie immer tätschelt mir Mutti beim Eintreten die Wange

und wie immer wundert sie sich, dass ich mit der Bahn angereist bin. Für Menschen, die einen Großteil ihres Lebens im Auto verbracht haben, ist das nur schwer verständlich. Vater und Mutter waren mit ihrer kleinen Spedition in der Gegend einmal so etwas wie die Herrscher der Straßen. Nach dem Boom in der Anfangszeit und den wirtschaftlichen Erfolgen der siebziger Jahre wurde es danach aber immer enger für sie. Die achtziger Jahre waren das Jahrzehnt des Niedergangs. Zum einen wuchs die Konkurrenz, zum anderen ließen sie sich Knebelverträge aufzwingen, welche die Preise drückten und ein wirtschaftliches Betreiben ihres Geschäftes unmöglich machten. Es kostete Mutter viel Überredungskunst, Vater irgendwann dazu zu bringen, das Unternehmen zu verkaufen, ehe sie sich bis über die Ohren verschuldeten und ruinierten. Den geschäftlichen Überblick zu behalten und zu berechnen, was sich lohnte und was nicht, war schon immer ihre Rolle. Für meinen Vater stand neben der wirtschaftlichen Existenz vor allem sein Selbstbild auf dem Spiel. Er liebte es viel zu sehr, Chef zu sein, um sich jetzt ausschließlich dem Privatleben widmen zu können. Etliche Jahre war er unausstehlich. Mittlerweile hilft er hier und da bei ehemaligen Geschäftspartnern aus. In der Gegend herumzufahren gibt ihm das Gefühl, dass alles noch so ist wie damals.

»Hallo Mutti.«

»Hallo Thomas.«

»Du bist ja ganz zerzaust, hast du keine Mütze?«

Ich schaue in den Taschen nach. Hatte ich eine? Ich erinnere mich nicht.

»Du bist und bleibst aber auch ein Schussel.«

Es ist Magie. Kaum werde ich von ihr Schussel genannt

oder mit irgendeiner Bemerkung über meine Kleidung oder den Gesundheitszustand bedacht, bin ich wieder Kind. Zeitreisen sind also möglich.
Ich betrete die vertrauten Räume. Es riecht nach altem Leder. Vater hat über Jahre hinweg auf Fußbällen die Unterschriften von Fußballspielern gesammelt und stellt sie im Flur aus. Es kommt mir immer so vor, als wären die Ausdünstungen der Lederbälle das Entscheidende, was sich niemals ändert, egal, welche Gegenstände oder Möbel sonst an- oder abgeschafft werden.
Trotz der fortgeschrittenen Stunde ist meine Mutter noch mit irgendetwas beschäftigt. Muße ist ihr sogar im Alter fremd. Als Kind durfte sie nicht mit einem Buch in der Hand erwischt werden. Wer Zeit zum Lesen hatte, galt als nicht ausgelastet. Sie versteht es aber auch sehr gut, einen vielbeschäftigten Eindruck zu erwecken, selbst wenn wenig zu tun ist. Und jetzt gibt sie sich besondere Mühe, weil ich zu Besuch bin.
»Komm in die Küche. Ich habe noch Reste von heute Mittag.« Immer hat sie irgendwelche Reste zu essen. »Wie lange bleibst du denn?« Sie wird wohl nie die Hoffnung aufgeben, ich könnte wieder bei ihnen einziehen, damit alles wie früher wäre. »Vater ist noch nicht wieder da«, wirft sie dann noch ein, bevor ich auf die Frage antworten kann. Ihre Aufgeregtheit amüsiert mich.
»Ich kann leider nur bis morgen bleiben. Nur für eine Nacht.«
Hinter dem zweigeschossigen Haus liegt ein großer Garten, der einen Hang hinunter bis zu einem kleinen Wasserlauf reicht. Das aus der großen Fensterfront hinausdringende Licht beleuchtet ihn ein Stück weit. Man

kann nicht viel erkennen, aber er wird gut gepflegt sein, wie immer.
Das Wohnzimmer besteht aus zwei ehemals getrennten Räumen, von denen einer die Sitzgruppe und den Fernseher enthält, der andere einen großen Esstisch, der nur benutzt wird, wenn Besuch da ist. Überall befinden sich Gegenstände aus schweren Materialien, Eiche, Zinn, Schmiedeeisen. Die vielen dunklen Farbtöne lassen die Wohnstube bei Tag hell und freundlich aussehen, weil durch die Fenster so viel Licht hereinfällt, am Abend jedoch dunkel und klein. Im Sommer hört man abends an den Scheiben ständig Nachtfalter, die zum Licht streben und durch die Fenster ihre Grenzen kennen lernen. Im Herbst prasselt der Regen dagegen, wenn der Wind aus der falschen Richtung kommt. Dann fällt Mutti immer ein, dass sie die Fenster gerade erst geputzt hat.
Während sie die Kohlroulade und die Kartoffeln vom Mittagessen aufwärmt, blättere ich in einem alten Fotoalbum. Das Kind, die Nachbarskinder, deren Eltern, Taufe, Konfirmation und immer wieder die Verwandtschaft. Nichts Neues. Es ist ja auch ein altes Album. Wie bei jedem unserer Treffen beansprucht die Vergangenheit den größten Raum in unseren Gesprächen und verdrängt die Gegenwart. Zur Gegenwart gehört auch meine in Muttis Augen so unseriöse Lebensplanung. Von der aktuellen Katastrophe brauche ich deshalb gar nicht erst anzufangen.
Als wir am Esstisch sitzen und ich mit der Kohlroulade gerade fertig bin, kommt Vater nach Hause und unterbricht unser Gespräch. Er hat schon gegessen und lässt sich nur kurz dazu herab, uns zu begrüßen. Wieder einer seiner Auftritte: die Inszenierung seiner Machtposition

als Chef und Familienvorstand, obwohl er beides nicht mehr ist, selbstbewusst und ohne Rücksicht darauf, was andere gerade tun. Früher dachte ich immer, seine berufliche Rolle färbe auf das Privatleben ab. Inzwischen weiß ich, dass er nicht anders kann. Er hält sich tatsächlich für den Mittelpunkt der Welt und versucht erst gar nicht, sich in andere hineinzudenken. Lautstark und mit großer Geste werde ich begrüßt, ohne dabei das Gefühl zu bekommen, dass er sich tatsächlich dafür interessiert, ob ich da bin. Nach kurzem Smalltalk setzt er sich vor den Fernseher.

Mutti bringt das Geschirr weg und kommt mit einer Kiste aus dem Keller wieder, die sie vorbereitet hat: alte Sachen von mir, von denen sie wissen will, ob sie sie wegwerfen kann. Abgelegtes Leben in einem staubigen Karton. Ich solle mir doch heraussuchen, was ich noch behalten will.

Ich krame ein bisschen darin herum und finde einen ganzen Stapel alter Postkarten, zumeist von mir an die Eltern geschrieben. »Mir geht es gut. Wie geht es Euch?« Möwen und Strände auf den Bildern, einmal ein besonders kitschiger Sonnenuntergang.

Helgoland, Norderney, Baltrum, Wangerooge.

Eine Karte ist aus Holland: Das Motiv zeigt die Luftaufnahme einer Insel. Die Orte sind beschriftet. Auf der Rückseite die abgestempelte Briefmarke mit einer Königin. Ameland. Eine akkurate Beschreibung der Aktivitäten auf der Insel in Kinderschrift, eine Aufzählung dessen, was alles unternommen wurde, zur Beruhigung der Eltern und zur Bestätigung, dass die gebuchten Attraktionen auch geliefert wurden: Ponyhof, Wattwanderung, Krabbenkutter.

Ich zeige Mutti die Karte. Sie scheint sich zu erinnern.
»Ich war mehrmals auf Ameland, oder?«
»Zwei oder drei Mal. Wir haben dich dort sogar mal besucht. Wir hatten ja nicht immer Zeit, mit dir in Urlaub zu fahren, nur weil du gerade Ferien hattest. Und dann musste man dich halt irgendwie beschäftigen.«
Sie steht auf, um mir ein neues Bier zu holen.

14

Ameland. Es ist nur eine Postkarte. Aber sie sorgt dafür, dass irgendwo ganz hinten im Gedächtnis Erinnerungen, Gefühle, Bilder und Gerüche aktiviert werden. Die ganze Geschichte. Die eigene Geschichte.
Auf dem kleinen Tisch neben dem Telefon liegt ein Kuli.
Klick.

Die Sonne blitzt heiß über dem Meer. Ein Bauernhof. Schafe. Ställe, aus denen die Tiere entfernt worden sind. Von einigen der Doppelstockbetten baumeln Beine. Aus der Dunkelheit der unteren Etagen blinzeln müde Augen träge in das Zwielicht. Draußen pfeift der Wind um die Häuser und Stallungen.
Die Mäuse sitzen in der Falle. Sie erwarten zu hören, was sie ständig zu hören bekommen, seit sie in der Freizeit sind: Wie wichtig es ist, »gerufen« zu werden und dazuzugehören. Es ist nichts, was man erzwingen könnte, sondern etwas, das einem passiert. Eine Gnade. Ein

Mysterium. Man kann selbst nichts dazu tun. Nur der Heilige Geist entscheidet, wer »gerufen« wird und wer nicht. Tagelang wird über Gleichnissen gegrübelt und gebetet, bis es hoffentlich so weit ist, dass man die erlösende Stimme Jesu Christi hört. Wenn das geschieht, ist man einen großen Schritt weiter und Gott schon ein gutes Stück näher. Das heißt dann auch, dass man hier auf Erden, in der Freizeit, mehr bedeutet und mehr zu sagen hat. Wer möchte das nicht?

Klick.

Sie werden in Gruppen eingeteilt. So sollen sie lernen, Verantwortung zu übernehmen. Gemeinsam an einem Strang ziehen – nur so kann man seine Gegner besiegen. Natürlich funktioniert das am besten, wenn es einen Anführer gibt. Die Mannschaften, die keinen haben, verlieren immer. Im Krieg braucht man klare Strukturen. Einige haben Heimweh oder fühlen sich ausgegrenzt, weil sie weder stark genug sind für die Spiele noch die Stimme Jesu Christi hören. Großer Druck lastet vor allem auf denen, die der Gemeinschaft Schaden zufügen könnten. Auf denen, die nicht pünktlich sind, die sich nicht an die Regeln halten, die lügen oder stehlen. Der Einzelne und seine Bedürfnisse sind nichts. Die Gemeinschaft ist alles.
»Im Schiff, das sich Gemeinde nennt, muss eine Mannschaft sein,
sonst ist man auf der weiten Fahrt verloren und allein.
Ein jeder stehe, wo er steht, und tue seine Pflicht;
wenn er sein Teil nicht treu erfüllt, gelingt das Ganze nicht.«

Die Shanties, die sie singen, sind Lieder vom drohenden Tod und der Sehnsucht nach der Heimat. Sie stehen in der *Mundorgel*, die aussieht wie eine Mao-Bibel. So rüstet man sich innerlich für das »wirkliche Leben«, für den Krieg, der wenigstens nicht mehr mit Waffen geführt wird. Am schlimmsten ist die beständige Angst, nicht »gerufen« zu werden. Was, wenn man am Ende nicht mitsegeln darf auf dem »Schiff, das sich Gemeinde nennt«?

»Wusstet ihr eigentlich, dass wir in dieser Freizeit in den Händen einer Sekte waren?«

»Das glaube ich nicht«, entgegnet Mutti ehrlich entrüstet. »Die Kirchengemeinde hätte das doch niemals zugelassen.« In der Generation meiner Eltern war man noch Pimpf im Deutschen Jungvolk. Man bückte sich vor dem Führer und dem Pfarrer und stellte niemals Autoritäten infrage. »Und wenn schon – du hast doch keinen Schaden genommen, oder?«

»Ich habe Stimmen gehört.«

»Wie bitte?«

»Ich habe Stimmen gehört.«

»Was für Stimmen?«

»Wir haben uns alle – fast alle – eingebildet, die Stimme von Jesus Christus zu hören. Wie die das gemacht haben, weiß ich nicht. Jedenfalls sind wir irgendwann auf die Knie gefallen und haben zu Gott gebetet.«

»Aber das ist doch nicht schlimm, mal auf die Knie zu fallen und zu Gott zu beten.«

»Na ja, wenn eine Art Gehirnwäsche dahintersteckt, schon. Es hätte statt Gott genauso gut Adolf Hitler sein können.«

»Jetzt fang bitte nicht wieder damit an! Ich finde, du tust denen unrecht. Die haben doch alles freiwillig und ehrenamtlich gemacht.«
»Na klar! Gehirnwäsche, freiwillig und ehrenamtlich.«
Ich merke, wie mich unser altes Thema zuverlässig in Rage bringt. Es ist aber auch befreiend, sich mal wieder aufzuregen. »Viele von denen sind später bestimmt in irgendeiner Wehrsportgruppe oder bei sonst einem Naziverein gelandet. Ganz freiwillig und ehrenamtlich.«
Meine Mutter bekommt den trotzigen Zug um den Mund, den ich so gut kenne. »Also, ich hatte das Gefühl, dass ihr es da ganz gut hattet. Jedenfalls warst du immer knackig braun, wenn du zurückgekommen bist.«
»Du meinst, ich sah gesund aus?«
»Genau. Nicht so wie sonst immer. Nicht so wie jetzt.«
Das ist ihre Art, sich um ihren erwachsenen Sohn zu kümmern: ihm ab und zu mal beizubringen, dass er schlecht aussieht. Bei meinen Eltern geht es immer darum, einen guten Eindruck zu machen. Gut auszusehen. Gesund zu sein. Leistung zu bringen. Aber sie meint es ja nur gut und macht auch gleich wieder ein Versöhnungsangebot. «Willst du noch ein Bier?«
Wir kramen weiter in der Kiste.
»Ich war wohl ziemlich oft auf Inselfreizeiten.«
»Nein, auf Baltrum waren wir zusammen.«
»Und die hier?«
Eine andere Postkarte taucht auf. Das vergilbte Bild zeigt einfach nur Grün. Wenn man genauer hinsieht, kann man erkennen, dass es sich um einen Wald handelt. «Der Schwarzwald« steht in geschwungenen altmodischen Lettern über dem Bild. Ich drehe die Karte um. Eine unbekannte Handschrift, die eher nach einem

Mädchen aussieht, und der übliche Mir-geht-es-gut-wie-geht-es-Euch-Text. Am Schluss eine krakelige Unterschrift, die wie meine ersten Schreibversuche wirkt.
»Ach, da warst du doch zur Kur.«
»Zur Kur? Ich? Ach, so nennt man das.«
»Nein, das war eine richtige Kur, keine Freizeit. Wegen deiner Bronchitis. Dein Arzt hat uns dazu geraten. Du warst für sechs Wochen im Schwarzwald.«
Der Arzt – eine nicht zu hinterfragende Autoritätsperson.
»Wie alt war ich da?«
»So etwa acht Jahre? Ja genau, du warst in der dritten Klasse. Du warst doch immer so schwächlich und dauernd krank.«
Ich habe keinerlei Erinnerungen daran. »Wirklich? Ich fand mich immer ganz gesund.«
»Doch, doch, wir haben uns ständig Sorgen gemacht. Später ist es dann besser geworden. Du warst ja immer so ein stiller und zarter Junge, gar nicht wie die anderen. So zerbrechlich, mehr wie ein Mädchen. Aber du bist immer wütend geworden, wenn dich alle für ein Mädchen gehalten haben.«
Daran wiederum kann ich mich erinnern. »Ich bin vor allem wütend geworden, wenn mir alle ins Gesicht gefasst haben.«
»Wieso, wer hat dir denn ins Gesicht gefasst?«
»Na alle. Die ganzen Onkels und Tanten, die ihr kanntet. Alle glaubten, sie müssten mir in die Wange kneifen. Na ja, fast alle.«
»Aber das ist doch nicht schlimm.«
»Wenn man es schlimm findet, schon. Man möchte ja gern selbst entscheiden, wer einem ins Gesicht fasst.«

»Na ja, jedenfalls hattest du damals immer diese Bronchitis und der Arzt hat gesagt, man muss aufpassen, dass daraus kein Asthma wird.«
Fast habe ich das Gefühl, dass sie sich rechtfertigt. Sie nimmt sich einen Keks und schaut verlegen auf den Fußboden. Es ist natürlich auch nicht schön, sich in meinem Alter aufzuführen wie ein Pubertierender und seinen Eltern all die Fehler vorzuhalten, die sie bei der Aufzucht angeblich begangen haben. Wie um mich zu entschuldigen, wechsle ich das Thema und erzähle ihr doch ein bisschen von meinen Schwierigkeiten in Hamburg. Während meiner Ausführungen bekommt Vater spitze Ohren und setzt sich zu uns an den Tisch. Wenn es um Wirtschaft geht, seine Kernkompetenz, darf er nicht fehlen. Er hört mir ungefähr zwei Minuten lang zu und präsentiert dann schon eine Lösung meines Problems: Ich müsse mir dringend einen neuen Job suchen. Es sei reine Zeitverschwendung, weiter in dieses Projekt zu investieren, das einfach nichts abwerfe. Am Ende bliebe ich nur auf meinen Schulden sitzen. Ein Rat, den er vor gar nicht langer Zeit selbst bitter nötig gehabt hat.
Als ob ich das nicht selbst wüsste. Als ob ich diesen Rat nicht schon mal gehört hätte.
»Aber es gibt ja nicht nur die finanzielle Seite, sondern auch eine menschliche. Und eine künstlerische«, versuche ich einzuwenden.
»Dann ist es ein Hobby«, lautet seine strikte Antwort. »Wenn es nicht ums Geldverdienen geht, ist es kein Beruf, sondern reines Privatvergnügen. Du musst etwas machen, das Geld aufs Konto bringt.«
Richtig. Wie konnte ich nur so naiv sein? Ich verdränge seine konsequente Haltung in dieser Frage seit langem,

nachdem es wegen unserer gegensätzlichen Ansichten fast zum Bruch gekommen ist. Es geht ihm einfach nicht in den Kopf, dass Einkommen und Lebensqualität nicht notwendigerweise das Gleiche sind. Wie die meisten Menschen reagiert er allergisch auf das Wort »Künstler«, weil er denkt, diese nehmen sich etwas heraus, was er sich selbst niemals gestatten würde. Dabei bin ich nicht mal Künstler, nur jemand, der sich in der Nachbarschaft von Kunst aufhält.

«Wenn du es nicht schaffst, deine Dinge zu regeln, musst du dich eben wieder in Behandlung begeben«, setzt er noch eines drauf.

»Ja, genau – wir sind früher doch auch selbst zur Kur«, versucht Mutti den Konflikt zu entschärfen. Sie meint damit die der Spediteursinnung abgerungenen Sonderurlaube, die sie sich alle paar Jahre gegönnt haben, um sich kostengünstig von der chronischen Überarbeitung zu erholen. »Ist doch keine Schande. Gibt es nicht irgendeine Künstlerversicherung, die so was bezahlt?«

Klick.

Ehe ich ausfällig werde, greife ich nach dem Kuli und verabschiede mich zu einer kleinen Mentalkur.

Als ich in mein altes Zimmer gehe, das inzwischen als Gästezimmer fungiert, werfe ich noch einen Blick auf meinen Vater, der auf dem Fernsehsessel eingeschlafen ist. Die Jobs, denen er noch immer glaubt, nachgehen zu müssen, werden ihm langsam zu viel. Gleichzeitig ist es ihm unmöglich, damit aufzuhören. Er ist ein Chef außer Dienst, dem die Lastwagen fehlen, die ihm zuvor immer einen Halt in der Welt gegeben haben. Seit sie nicht mehr fahren, wirkt er hilflos, beinahe zerbrechlich.

Von seinem eigenen Vater ist er verprügelt worden, bis er am Ende alles, was er anfing, aus Angst begann. Er ist zu einem von denen geworden, die ihr ganzes Leben lang stark und aktiv sein müssen, um zu vergessen, dass sie eigentlich schwach und verletzlich sind. Es ist und bleibt eine Horrorvorstellung für mich, so zu werden wie er. Gleichzeitig empfinde ich heute zum ersten Mal so etwas wie Mitleid mit ihm.
Sein Mund steht offen, und er schnarcht leise. Im Fernseher läuft eine Sendung über Lachse, denen ein inneres Programm befiehlt, zum Ort ihrer Geburt zurückzukehren, um dort zu sterben.

15

Mein Lieblingsplatz ist auf dem Klettergerüst neben der Schaukel. Ich versuche immer so zwischen den Metallstangen zu hängen, dass ich es möglichst lange aushalte. Nach einiger Zeit schläft irgendein Körperteil ein oder fängt an, weh zu tun. Dann rutsche ich so wenig wie möglich nach links oder rechts, bis es wieder geht. Auf dem Klettergerüst wird man in Ruhe gelassen.

Ein langsamer, dünner Regen beginnt sich über die Landschaft zu legen, wie eine hässliche Decke aus Frost. Ich kann ihn durch die Fensterscheiben des Zugs nicht spüren, aber um diese Jahreszeit kann er nicht anders als von eisiger Kälte sein. Ich starre hinaus, ohne etwas zu sehen. Orte. Kennst du einen, kennst du alle. Vermutlich sind das Wälder oder Felder, die da draußen vorbeiziehen, schlimmstenfalls Ortschaften. Interpretationen von Orten. Gegenwärtiges, Vergangenes.
Ich stelle mir ein Spiel vor, für das man ein Brett mit Schauplätzen der eigenen Vergangenheit bestückt und

dann mit einem Würfel sein Ziel bestimmt. Allerdings habe ich gerade ein praktisches Problem: Ich habe vergessen, wie der kleine Kurort im Schwarzwald heißt, der auf der Postkarte als Absender angegeben war und den ich mir als Reiseziel ausgesucht habe.
Auch mein Telefon kann mir nicht weiterhelfen. Es begnügt sich damit, mir haufenweise Textnachrichten anzuzeigen. Aufs Geratewohl öffne ich eine SMS von Matthias, der wissen will, wie es meiner Meinung nach denn nun weitergehen solle. Ein Scanner und diverse andere Sachen seien jetzt auch schon aus dem Büro verschwunden. Ich solle langsam zurückkommen, er könne nicht den ganzen Tag dort rumhängen, und am Wochenende sowieso nicht. Und ob ich überhaupt wisse, wer aktuell alles einen Schlüssel habe?
Woher soll ich das wissen? Ich hole den Kuli aus der Tasche, den Mutti jetzt wahrscheinlich überall sucht. Weitere Botschaften von Leuten, die irgendetwas von mir wollen, das ich zur Zeit nicht leisten kann. »Überprüfen Sie Ihr Passwort.« »Wechseln Sie den Anbieter.« »Buchen Sie heute noch.« SMS-Benachrichtigungen über verpasste Anrufe: Matthias (Office), Matthias (Office), Jimi (mobil), Matthias (mobil), Andrea (mobil), Jimi (mobil).

Andrea?
Andrea.

Klick.
Klick.
Klick.

»Ja, hallo?«
»Hallo, Andrea.«
»Thomas!?«
Meine Finger haben den Rückruf aktiviert, ohne dass ich mich erinnern kann, ihnen eine entsprechende Anweisung gegeben zu haben. »Du hast angerufen?«
»Ja, ach ja – ich wollte nur mal hören, wie's dir so geht.«
»Äh, ja – es geht.« Kann es auch nicht gehen? War das die richtige Antwort? Ich bin unsicher. »Oder besser: Es fährt. Ich sitze im Zug.«
»Wovor flüchtest du denn dieses Mal? Du bist doch immer vor irgendetwas auf der Flucht.«
»Hm, weiß nicht. Ich habe es wohl vergessen.«
»Hey Thomas, war nicht ernst gemeint!«
Es besteht also immer noch, dieses Band zwischen uns. Sie hört an meinem Ton sofort heraus, dass irgendetwas nicht stimmt.
»Ich habe wirklich nur angerufen, weil ich wissen wollte, wie es dir geht. Was die Kunst macht und so.«
Ich glaube ihr kein Wort. Sie muss irgendeinen triftigen Grund haben, sich nach sechs Monaten Funkstille bei mir zu melden. Andrea hat immer irgendeinen Hintergedanken. Vielleicht ist es wegen Ursula. Hat sie etwas von Ursula gehört? Aber von wem? Und vor allem was? Immerhin sagt sie »Kunst« und nicht »Job« oder »Arbeit«.
»Ach, du kennst das ja. Wir haben den ganzen Sommer über kaum bezahlte Aufträge gehabt und setzen gerade voll auf Cole.«
»Macht der schon wieder ein neues Album?«
»So wie es aussieht«, lüge ich.
»Das ist cool von Cole, wenn er dafür sorgt, dass ihr eure

Miete bezahlen könnt. Aber auf seine Musik könnte ich verzichten.«
»Ja, ja, ich weiß.«
»Irgendwie vermisse ich dieses ständige Auf und Ab in deinem Leben.«
»Ach, das hatte ich ganz vergessen, dir zu sagen: Ich hätte überhaupt nichts dagegen, wenn du das Auf und Ab auch noch mitnehmen würdest. So wie die ganzen anderen Sachen, die du mitgenommen hast. Ich kann es nämlich echt nicht gebrauchen.«
»Thomas?«
»Ja?«
»Lass uns bitte nicht mehr über die Vergangenheit reden, das haben wir schon viel zu oft gemacht. Ich habe angerufen, weil ich Lust hatte, mit dir zu reden. Lass es uns nicht verderben.«
»Wie du meinst.«
Der Gesprächsfluss kommt ins Stocken, so als wäre einer von uns zu weit gegangen. Ich wahrscheinlich. Sie wollte ein unverfängliches Gespräch anfangen und fühlt sich nicht ernst genommen.
»Und, äh, wie geht es dir so?«
»Schon gut, Thomas. Ich habe jetzt gerade keine Lust mehr. Tut mir leid.«
»Wieso? Ich ...«
»Ich melde mich später wieder. Eine gute Reise noch. Und sei froh, dass du gerade nicht in Hamburg bist.«

Kurz darauf kommt der IC mit kreischenden Bremsen auf freier Strecke zum Stehen. Ein bis zwei Kilometer vom nächsten Bahnhof entfernt scheint er in unsicherem Grund stecken geblieben zu sein. Einige Zeit lang

passiert gar nichts. Ganz vorn im Zug meine ich zwei Personen aussteigen zu sehen, aber ich kann mich auch irren. Allgemeines Aufstöhnen, als über die plärrenden Lautsprecher die Aufklärung erfolgt: Die Lok habe einen Motorschaden. Man müsse sie gegen eine neue austauschen, was bedauerlicherweise mindestens zwei Stunden Verspätung bedeute. Über die Anschlussmöglichkeiten informiere man die Fahrgäste beizeiten.
Ich hänge in meinem Sitz, und es will mir nicht gelingen, aufzustehen. Nicht einmal diese Bewegung steht mir noch zur Verfügung, wo alles um mich herum zum Stillstand gekommen ist.

Immer sind es Zweierreihen, in denen wir gehen müssen. Ich schaue zu Boden und versuche an nichts zu denken, weil ich ja auch nicht reden darf. Nicht spielen, nicht reden. Hände an die Hosennaht. Weitergehen. Alle haben Angst und verteidigen sich, so gut sie können, gegen die anderen, aber nicht gegen die Ordnung. Die Erwachsenen sind die Ordnung, und die ist wie eine Mauer. Das Ende der Welt.

Nach einer Stunde dämmrigen Wartens ruft endlich jemand an. Jimi. Er hat sich einen Husten eingefangen.
»Na, wie geht's?«
»Ganz gut, danke. Ich stecke gerade fest, aber grundsätzlich bin ich einer interessanten Sache auf der Spur.«
»Was für einer Sache?«
»Verschütteten Erinnerungen.«
»Aha.« (Husten.) Er scheint zu überlegen, ob ich das ernst gemeint habe.
»Als Kind bin ich offenbar in einer Art Gesundheits-

knast gewesen, so ähnlich wie dieses KdF-Bauwerk auf Rügen, wo wir mal waren, erinnerst du dich? Und dieses ›Erholungsheim‹ will ich mir mal anschauen.«

»Wo bist du denn gerade?«

»Auf dem Weg in den Schwarzwald.«

»Aber das ist die falsche Richtung, mein Lieber. Rügen …« (Husten.) »… Du weißt doch wohl, wo Rügen liegt.«

»Ich sagte ja auch nur *so ähnlich* wie dieses KdF-Ding.«

»Und das war außerdem kein Gesundheitsknast, sondern ein Seebad für die sogenannte Volksgemeinschaft. Und auch das war es nicht, weil es ja nicht fertig geworden ist. Es ist also eigentlich nur eine Betonruine in Prora … Und was sind das für verschüttete Erinnerungen?«

»Endlose Waldwanderungen, Krankengymnastik, Arztbesuche, Heimweh. Ich kann es nicht so genau beschreiben, es ist verschüttet, wie gesagt. Aber ich habe bei meinen Eltern ein paar Postkarten gefunden und eine war eben aus dem Schwarzwald. Außerdem habe ich gerade nichts anderes zu tun.«

»Auf jeden Fall ein gutes Timing, ausgerechnet jetzt aus Hamburg abschuhauen …«

Jimis Bericht über die Zustände in der Stadt klingt beunruhigend. Es sei das Gerücht umgegangen, jemand habe das Trinkwasser vergiftet. Sämtliche Vorräte an Trinkbarem seien innerhalb weniger Stunden ausverkauft gewesen. Kein Tropfen Wasser oder Saft stehe noch in den Regalen. In den Supermärkten hätten sich dramatische, teilweise gewalttätige Szenen abgespielt.

»Bitte was?« In Hamburg reicht normalerweise der Feuchtigkeitsgehalt der Luft für die Grundversorgung mit Wasser aus.

»Irgendwo bei Harburg soll es eine riesige Baustelle geben«, fährt Jimi fort. »Die Wasserwerke und der Kataschrophenschusch sind angeblich schon vor Ort.«
»Wer sagt das?«
»Das erzählt man sich halt. Und alles mögliche andere Zeug: Angeblich wollten die Behörden eine Panik verhindern und hätten deswegen nichts bekannt gegeben.«
»Hey, es gibt da doch so einen großen Fluss bei Hamburg. Könnt ihr nicht daraus trinken?«
»Ja, klar. Sehr lustig.« (Husten.)
»Mein Akku ist bald leer. Hast du bloß angerufen, um mir diesen Quatsch zu erzählen?«
»Ich hab nur versehentlich die Wahlwiederholung berührt«, witzelt Jimi. »Aber schön, dass wir gesprochen haben. Und bring dir schur Sicherheit ein paar Flaschen Wasser mit, wenn du schurückkommst.«

So früh und so kalt. Bis endlich jemand kommt und uns sagt, was wir tun sollen, will jeder nur noch ins Haus zurück. Irgendwohin, wo es warm ist. Arme hoch, Arme runter, Knie durchdrücken. Ich will nach Hause. Ich habe mir den Weg gemerkt. Den Weg durch den Ort zurück zu der Bahnhofsstation, wo wir angekommen sind. Im Kopf versuche ich ihn umzudrehen, damit ich vielleicht allein hinfinde. Aber ich bekomme nie den ganzen Weg zusammen. Immer fehlt ein kleines Stück.

Umsteigen in Baden-Baden, dem mondänen Kurort des achtzehnten Jahrhunderts. Der Bahnsteig ist überdacht, aber ich kann die Kälte spüren, die aus dem Tropfenschleier kriecht, der sich mittlerweile überall ausgebrei-

tet hat. Mein kleiner Koffer und ich setzen uns in die Bahnhofsbäckerei, hilflos den Löchern des Fahrplans ausgeliefert. Wenigstens ist mir der Name des Kurorts wieder eingefallen, als der Lautsprecher im Zug die nächsten Anschlussmöglichkeiten durchgegeben hat.
Es ist früher Nachmittag, die Schule ist aus. Am Bahnhof sammeln sich Gymnasiasten und Berufsschüler, die zurück in ihre Dörfer fahren. Eine Viertelstunde vor der planmäßigen Abfahrt des Regionalzuges schlurfe ich mit meinem Koffer zurück auf den Bahnsteig. Auf einer Bank direkt hinter dem Bahnhofsgebäude sitzt ein alter Mann mit einem wilden grauen Rauschebart, der zusammen mit den buschigen Augenbrauen das ganze Gesicht verdeckt. Seine Kleidung ist altmodisch, aber sehr gepflegt. Mitten im wuchernden Bart steckt eine Zigarre. Als ich an ihm vorbeigehe, meine ich ein amüsiertes Lächeln zu entdecken. Er blinzelt mich an wie ein alter Bekannter, den ich nicht wiedererkenne.
Sind wir uns etwa schon mal begegnet?
»Entschuldigung, kennen wir uns von irgendwo her?«
Als Antwort bekomme ich nur ein undefinierbares Brummen. Dann wendet er den Kopf demonstrativ ab, als empfinde er meine Annäherung als lästig.
Ich sitze als erster oder zweiter im Zug. Die Kleidung der Schüler, die nach mir in die Regionalbahn strömen, bringt die Kälte und Feuchtigkeit von draußen mit. Alle tragen Funktionsjacken und festes Schuhwerk. Meine eigene Kleidung entspricht dagegen eher der des alten Mannes, sieht man davon ab, dass sie die Eleganz einer Billigkaufhauskette besitzt. In den Augen der Schüler wirke ich sicher wie ein alkoholkranker Obdachloser. Ohnehin sitzen in ländlichen Gegenden in den Regio-

nalzügen oft nur Menschen, die keinen Führerschein besitzen. Entweder noch nicht oder nicht mehr. Ich habe vergessen, eine Fahrkarte zu lösen. Der Eindruck, den ich erzeuge, bestätigt sich erneut.

Gott hat gemacht, dass es gut und böse gibt. Böse ist man, wenn man lange schläft oder ins Bett macht. Gut ist man, wenn man an der frischen Luft ist und Gottes Werk bewundert. Die Schwestern machen alles richtig und haben immer recht.

Das Vorland des Schwarzwaldes ist nicht unbedingt schön zu nennen, abgesehen davon, dass es nur wenige Landschaften gibt, die bei einem solchen Mistwetter attraktiv wirken. Langsam wird es hügelig. Ich werde wohl nicht darum herum kommen, in den Bergen herumzukraxeln, auch wenn meine Schuhe dafür denkbar ungeeignet sind. Die Sohlen sind glatt und verschlissen.
»Hey, Matthias hier.«
Habe ich schon wieder ein Gespräch angenommen? Ich kann mich nicht erinnern.
»Tut mir leid«, höre ich ihn nuscheln, »ich bin besoffen.«
»Um diese Tageszeit schon?« Ich bin mir nicht sicher, ob ich ihn richtig verstanden habe, denn der Empfang ist miserabel.
»Wir hatten nur noch Bier im Kühlschrank. Das Leitungswasser darf man ja nicht trinken.«
Das Gespräch bricht ab. Ich blicke ratlos auf das Display und will das Handy gerade ausmachen, da höre ich ihn wieder.
»Stell dir vor, was mir gerade passiert ist. Ich hab ver-

sucht, ins Büro zu kommen, weil wir da noch ein paar Kisten Wasser stehen hatten – dachte ich jedenfalls.«

»Na und?«

»Alles verrammelt. Irgendjemand haust in unserem Büro und lässt niemanden herein. Schröter will ohne deine ausdrückliche Erlaubnis oder die der Polizei nicht die Tür aufbrechen. Die Fensterbänke sind mit Kakteen und irgendwelchem Müll vollgestellt, man kann von draußen nichts sehen.«

»Das klingt, als wäre jemand durchgedreht. Bestimmt Martin oder Dimitri. Lasst ihn einfach in Ruhe, dann passiert schon nichts.«

»Schade nur um das schöne Wasser.«

»Ach, ihr spinnt doch alle. Mach den Mund auf und lauf drei Runden um den Block, wenn du Durst hast.«

Er lacht – oder ist das kein Prusten, was da verzerrt durchs Telefon dringt, sondern ein Schluchzen? »Nein danke, Thomas, da trinke ich lieber weiter das Bier aus dem Keller.«

Ich will ihn noch fragen, ob er mit Andrea gesprochen hat, aber die Verbindung reißt wieder ab. Das Handy zeigt kein Klötzchen mehr für die Antennenleistung und nur noch drei Prozent Akkuladung an, also mache ich es aus.

Schwester Ursula ist die schlimmste. Alle anderen geben auch mal nach, Schwester Ursula nie. In der Nacht ist es fast immer sie, die in ihrem weißen Kittel auf den Fluren herumschleicht. Ihre weißbesockten Füße stecken in Sandalen. Sie hat kein Gesicht und keine Haare, stattdessen trägt sie eine Maske unter der grauen Haube. Die Bettnässer sind ihre ärgsten Feinde.

Als die Mittelgebirgslandschaft im ewigen Grau neben uns immer steiler aufragt, hält der Zug endlich im Schwarzwald oder jedenfalls in der Nähe und spuckt die Fahrgäste in den Kleinstadtfeierabend aus. Drei farblose Busse auf dem Bahnhofsvorplatz sammeln die im Zug verbliebenen Schüler auf, um sie in die jeweiligen Heimatdörfer zu kutschieren. Reisende wie ich scheinen bei den Busfahrern nicht auf der Agenda zu stehen: Noch unschlüssig, welcher der drei Busse in meinen Zielort fährt, ringe ich mich durch, einen der Fahrer zu fragen. Doch da schließen sich schon die Türen, und auch der letzte Bus fährt ab, während einige Schüler feixend aus dem Fenster schauen. Dabei sollte mein kleiner Rollkoffer doch eigentlich jedem Deppen überdeutlich signalisieren, dass ich durchaus geneigt wäre, mitgenommen zu werden.

Aber das ist noch kein Grund für einen Schreikrampf. Zu schreien fange ich erst an, als ich auf dem Fahrplan sehe, dass es die letzten Busse des Tages waren.

16

Es regnet und riecht nach kaltem Asphalt, als ich vor dem Hotel aus dem Taxi steige. Ringsherum ist alles nass. Die Geranien lassen die Köpfe von den Balkonen hängen. Gleich hinter dem Ortseingang und neben einer kleinen Kirche gemütlich in den Hang gekuschelt, bemüht sich das Hotel, einen guten Eindruck zu machen. Es ist so groß wie mehrere Wohnhäuser und scheint es architektonisch allen recht machen zu wollen, möchte sowohl Behaglichkeit als auch eine gewisse Strenge ausstrahlen und nennt sich schmucklos »Hotel Krone«.

Mein Koffer befindet sich nicht im Kofferraum des Taxis. »Sie hatten keinen dabei«, behauptet der Fahrer. Ich gebe ihm trotzdem ein kleines Trinkgeld, weil er dieses Wellness-Hotel für mich ausgesucht hat, nachdem es mir vorhin an einer Tankstelle endlich gelungen war, ein Taxi zu bestellen. Dann beeile ich mich, das schützende Dach des Hotelvorbaus zu erreichen.

Drinnen betrete ich nach einem kleinen, mit Butzenscheiben ausgestatteten Vorraum die Empfangshalle. In der Mitte des großen Raums, der wegen einiger Säulen und Einbauten wenig überschaubar ist, lauert an der Rezeption eine Spinne, die auf den Luftzug der Eingangstür reagiert und jetzt langsam ihren Kopf zu mir wendet. Sie scheint sich zu wundern, dass ihr heute noch eine Beute ins Netz geht, dann erst zeigt sich auf ihrem Gesicht ein vorsichtiges Lächeln. Auf meine Frage nach einem freien Zimmer bekomme ich eine Gegenfrage zur Antwort.

»Wissen Sie schon, wie lange Sie bleiben wollen?« Die blonde, nicht allzu groß gewachsene Dame blättert fahrig im Belegungsplan, nachdem sie sich umständlich eine Lesebrille auf die Nase gesetzt hat.

»Nicht so genau.«

Sie könne mir jetzt in der Nebensaison (die ja in Wirklichkeit eine der schönsten sei) einen unschlagbar günstigen Preis für zwei Tage anbieten. Es sei ihr Schnupperangebot und enthalte allerlei Extras wie ein Abendessen und die kostenfreie Benutzung der Sauna. Allerdings müsse ich dann im voraus zahlen. Selbstverständlich komme zu dem angegebenen Preis noch eine nicht unerhebliche Kurtaxe hinzu, die aber auch die unentgeltliche Benutzung des Personennahverkehrs beinhalte. Der Preis sei also unbedingt gerechtfertigt.

Ich antworte, dass mein Bargeld dafür nicht mehr ausreiche, aber glücklicherweise kann sie meine Kreditkarte einlesen.

Anschließend führt sie mich durch das Haus zu meinem Zimmer. Das Gebäude ist wegen der niedrigen Decken in einigen Fluren und der seltsamen Verschachtelung sowie aufgrund der nutzlosen Säulen unbedingt als

Altbau zu identifizieren, der über die Jahre durch etliche Anbauten in seine jetzige Form hineingewuchert ist.
Was ich in der Gegend zu tun hätte, werde ich noch gefragt.
Ich weiß es selbst nicht. »Irgendetwas muss man doch tun, wenn man mal nichts tun will«, antworte ich.
Die Spinne schenkt mir ein wissendes Lächeln, so als hätte sie Humor.
In meinem Zimmer finden sich die typischen dreieckigen Formen der achtziger Jahre. Ich hatte einen anderen Eindruck erwartet, älter oder auch klinischer. Nicht so um Geschmack bemüht und modisch zugleich veraltet. Trotzdem strahlt das Zimmer eine unergründliche Form von Gemütlichkeit aus. Ich lege mich auf das Bett und schließe die Augen.
Ich fühle mich leer, überflüssig und deplatziert.
Der Fernseher zeigt Bilder von Straßenkämpfen und Plünderungen in einer Einkaufsstraße, die aussieht wie eine der im Norden üblichen »Passagen«. Menschen, die durchdrehen und auf Autos herumspringen. Offensichtlich schaltet sich das Gerät von selbst ein, wenn es zu lange unbenutzt herumsteht. Die Fernbedienung finde ich zunächst nicht, und als ich sie benutze, zeigt der Fernseher keinerlei Reaktion. Ich schalte ihn aus, indem ich einfach den Stecker ziehe.
Anschließend mache ich mich auf den Weg in das Restaurant, das ich bereits vorhin auf dem Weg zu meinem Zimmer durchquert habe. Es ist irgendwie in den freien Raum zwischen Vordach, Anbau und Altbau gequetscht. Eine junge Frau, welche die Tochter der Spinne sein könnte, aber viel bessere Laune hat, setzt mich an einen

Tisch zwischen zwei Säulen und bringt mir gleich darauf die in Leder gebundene Speisekarte.
Von den ungefähr zwanzig Tischen im Restaurant sind außer meinem nur drei besetzt. An einem sitzt ein Ehepaar, das vielleicht beschlossen hat, sich zur Abwechslung oder zur Feier irgendeines Hochzeitstages ein Abendessen im ersten Hotel am Platz zu gönnen. Sie wirken beide etwas farblos, haben sich aber für den besonderen Anlass zurechtgemacht. Er trägt einen schlecht sitzenden Anzug und sie scheint extra beim Friseur gewesen zu sein. Beide sind etwa Anfang fünfzig und haben das »Gala-Diner« geordert, für das schon in der Empfangshalle des Hotels auf einer Tafel geworben wurde: ein »ganzes Menü für zwei Personen zum Spezialpreis« sowie, als besonderer Anreiz, wahlweise ein Aperitif oder Dessert umsonst. Vor ihnen stehen bereits zwei Gläser Aperol Spritz.
Am zweiten Tisch sitzen Handlungsreisende, die als solche zu erkennen sind, weil sie die ganze Zeit über technische Themen und Fragen des Vertriebs ihrer Waren reden. Der eine ist groß und stämmig, der andere eher schmächtig, aber beide sind beinahe alterslos. Sie könnten ebenso Anfang dreißig wie auch schon Ende vierzig sein. Beide fangen gerade an, ihre Haare zu verlieren, und tragen in etwa die gleiche Uniform, die aus einer Jeans und einem Hemd mit Krawatte besteht, deren Sitz um diese Tageszeit schon etwas gelockert ist.
Am dritten Tisch sitzt ein unauffälliges jüngeres Paar, das möglicherweise im Begriff ist, eine längerfristige Verbindung einzugehen. Sie sind sehr still und schüchtern, fühlen sich aber offensichtlich verpflichtet, das vorzubereiten, was das andere Paar im Raum schon seit

Jahrzehnten pflegt: eine langweilige, von wenigen Höhepunkten gekrönte Ehe.

In diesem Moment betritt eine etwas zu elegant gekleidete Dame den Raum. Sie trägt ein Louis-Vuitton-Täschchen und Schuhe mit für ländliche Verhältnisse beinahe obszön hohen Absätzen. Höflich wartet sie im Eingangsbereich auf die Zuweisung eines Platzes. Nein, das Rauchen sei hier nur an der Bar gestattet, wird ihr gleich zu Beginn von der jungen Bediensteten mitgeteilt. Im Verhältnis zu den anderen Gästen im Raum und sogar im Vergleich zu den beiden Handelsleuten wirkt sie auffällig alleinstehend, vielleicht deshalb, weil sie sich so kontaktfreudig umblickt. Sie bekommt einen kleinen Tisch zwischen dem älteren Paar und mir.

Während sich das schüchterne Ehepaar in spe nur im Flüsterton unterhält, kommt man nicht darum herum, innerhalb kürzester Zeit wenigstens im Groben über die Vor- und Nachteile bestimmter Baumaschinen informiert zu werden, welche die beiden Herren mit unnötiger Lautstärke diskutieren. Die auffällig alleinstehende Dame möchte nicht gern allein bleiben, jedenfalls lächelt sie in mehrere Richtungen, wobei sie die der Handlunqsreisenden wie auch meine gleichermaßen bevorzugt.

Meine Bestellung wird freundlich zur Kenntnis genommen. Da ich weder eine Zeitung noch sonst eine Möglichkeit habe, mich zu beschäftigen, lasse ich meinen Blick durch das Restaurant schweifen und kann dabei nicht verhindern, dass er sich gelegentlich mit dem der Louis-Vuitton-Dame kreuzt. Am Vertretertisch ist man zu privaten Themen übergegangen. Ein paar der Vokabeln, die bis zu mir dringen, lassen auf Kegeln oder

Bowling schließen, in jedem Fall geht es um Sport. Seltsam, was man so alles mithören muss, wenn man allein in einem Restaurant sitzt.
Ich bekomme eine unheimlich blasse Maispoularde an meinen Tisch gebracht, die äußerst umständlich serviert wird. Das ändert zwar nichts an ihrem Geschmack, führt aber – außer dass alles erkaltet – dazu, dass man sich als Gast wichtig fühlt. Zu Hause oder in einem »einfachen Restaurant« bekommt man jedenfalls nicht alle Zutaten vor dem Servieren noch einmal umgefüllt.
An dem Tisch des Jubiläumspaares wird der zweite Gang serviert: irgendein Fleischgericht, zu dem Gemüse, eine Soße in einer Sauciere sowie Salat gereicht werden. Die Dame lässt das Gericht noch einmal zurückgehen, weil irgendein Detail nicht stimmt. Ihr Ehemann schaut dabei betreten zur Seite.

»Darf es noch ein Dessert sein?«
»Nein, danke. Schreiben Sie die Rechnung doch bitte aufs Zimmer.«
Beim Abschied wird mir aufs Wärmste die Sauna anempfohlen. Die Spinne, offensichtlich die Besitzerin des Hotels, scheint sich den Wellness-Bereich als Publikumsmagneten vorzustellen, der die Massen in den weniger nachgefragten Zeiten hierherlocken soll. Und obwohl ich keine rechte Lust verspüre, fast eher schon Angst davor, in der Sauna über die Handlungsreisenden oder irgendjemand anderen der Restaurantbesucher zu stolpern, gebe ich nach und hole mir an der Rezeption einen Bademantel. In etwas über einer halben Stunde stehe alles bereit, versichert mir die Spinne.

Ich schrecke hoch und höre Stimmen. Einen Moment lang ist alles schwarz um mich herum, bis sich meine Augen an die Dunkelheit gewöhnt haben. Ein kleiner Lichtfleck schält sich aus dem Schwarz heraus, ein Streifen Helligkeit, der unter der Tür hindurch dringt. Stöhnen und Jammern ist zu hören, ganz leise, überall um mich herum. Auf dem Flur draußen macht es irgendwo »Tapp«. Es wiederholt sich und wird lauter: Schritte, die näher kommen. Das Jammern wird leiser, bald ist nur noch ein Wispern zu hören. Die Schritte werden langsamer und machen vor der Tür halt. Ein Schatten legt sich über das Licht. Wir wissen alle, wer das nur sein kann. Wir halten den Atem an. Die Sekunden ziehen sich in die Länge. Vielleicht wird die Tür gleich geöffnet und der riesige Schatten fällt in den Schlafsaal. Die Zeit steht still und will nicht vergehen.

Es klopft an der Zimmertür. Ich rechne mit einer Hotelangestellten, die mir sagen will, dass die Sauna bereit steht, doch vor mir steht die Dame mit dem Louis-Vuitton-Täschchen.
»Sie haben unten wohl etwas vergessen.« Sie hält mein Portemonnaie in der Hand und blickt mir mit glasigem Blick in die Augen.
»Oh, vielen Dank.« Ich nehme die Geldbörse und werfe einen Blick hinein. Gähnende Leere. Nur ein paar Münzen und die Kreditkarte sind noch drin. Ob sie das Geld herausgenommen hat?
Mein Herz pocht hektisch. Sie lächelt mich an und ich rieche ihren Wein-Atem. Mir fällt nichts ein, wie ich sie abwimmeln könnte. Schließlich mache ich einen Schritt zurück ins Zimmer. »Wenn Sie morgen noch hier sind«,

höre ich mich murmeln, »würde ich Sie zum Dank gern auf einen Drink einladen.«

»Sicher, sehr gern«, erwidert sie mit gefrierendem Lächeln, macht aber keine Anstalten zu gehen.

Meine eigenen Gesichtszüge entgleisen zu einer grinsenden Fratze, weil ich versuche, ihr erstarrtes Lächeln zu ersetzen. Ich ziehe den Gürtel meines Bademantels etwas fester und mache die Zimmertür vor ihrer Nase zu.

17

Der Morgen plätschert widerstrebend in mein Bewusstsein. Ich will wieder nicht ich sein. Nicht das, was mich erwartet. Nicht das, was ich bin oder war. Jemand anderes vielleicht. Ein Buch, ein Comic, ein angenehmes Gefühl. Alles außer mir.

Mein Kopf tut weh. Ich habe seit Tagen nichts gegessen und schlafe immer wieder ein. Der Arzt war da, aber er hat mich auch nicht nach Hause geschickt. Ich soll einfach liegen bleiben. Ich bin ganz allein in einem Zimmer. Hier gibt es keine Bettnässer und keine Schwester Ursula. Keinen Lichtschein unter der Tür, nur Dunkelheit. Wenn ich bei Tag aus dem Fenster schaue, sehe ich einen Turm. Er ist achteckig und aus großen alten Steinen gebaut. Wahrscheinlich wohnt jemand darin. Ich habe noch nie jemanden gesehen, aber in der Nacht, wenn ich aufwache, dringt manchmal ein Licht heraus. Ich bin dem Turm ausgeliefert, weil ich nicht aufstehen kann. Ich kann noch nicht einmal mehr allein aufs Klo.

Von Tag zu Tag werde ich schwächer. Ich bin schon so geschwächt, dass ich kein Heimweh mehr habe. Nur noch Kopfweh. Immer Kopfweh.

Als ich die Augen endlich öffne, ist es schon hell. Ich ziehe meine klammen Sachen von gestern wieder an, etwas anderes habe ich ja nicht mehr dabei. Die Kälte kriecht durch das innere Knochenmark die Wirbelsäule hinauf bis direkt in die Seele. Ein uralter und tief verwurzelter Widerwille, sich in die Welt zu begeben, überkommt mich. Doch ich stopfe ein Hotelhandtuch unter meinen Mantel und schleiche mich ohne Frühstück durch die Flure hinaus wie ein Nachtwächter, der seine Pflicht getan hat und den zu Hause Kummer und Sorgen erwarten. Den Zimmerschlüssel lege ich auf den unbesetzten Tresen der Rezeption. Meine Schritte durch die Empfangshalle hinterlassen eine Spur hauchzarten Wasserdunsts auf dem Teppichboden.

Draußen erwartet mich nichts als Nebel. Wasser, das sich nicht entscheiden kann, in welche Sphäre es will, und deshalb einfach in der Luft hängen bleibt. Vielleicht findet es auch bloß nicht mehr den Weg aus dem engen Tal heraus. Kein Wunder, dass außer mir kein Mensch auf der Straße ist.

Ich trotte um ein paar holzbeschlagene Balkone herum, die an steinernen Häusern hängen, und gehe die Dorfstraße hinunter bis ins Zentrum, das aus einer tristen Ansammlung von Gebäuden entsteht. Altbauten im Stil der Region. Wenn es wärmer wäre, würde bestimmt jemand im Trachtenanzug herumlaufen. Das Auffälligste sind die zahllosen Hinweisschilder, die unmissverständlich deutlich machen, dass es sich hier um einen Kurort handelt. Unübersehbar das »Kurzentrum«: ein schwarzer, mit Holz verkleideter Betonbau aus den achtziger Jahren, der aussieht wie eine Schulaula. Direkt dahinter ist ein kleiner Kräutergarten angelegt, dessen Beete um diese Jahreszeit zwar leer, aber immerhin noch beschriftet sind. Auf einem der Aushänge an dem großen Brett für »Bekanntmachungen« finden sich die Attraktionen des Ortes: Reha, Massage, Bad, Moor, Fango, Tango, Kurschatten, Diät ... Der Bürgermeister stehe im Rathaus zur Verfügung, um die Fragen der Gäste zu beantworten und mit weiteren Angeboten aufzuwarten. Auf der Rückseite des Kurzentrums ein Werbebanner: »Wer hier gesund wird, war nie krank.«

Ich gehe weiter und komme an der kleinen Barockkirche vorbei, die laut Anschlag am Kurzentrum Pfarrer und Orgel beherbergt. Ich lasse sie links liegen und folge einem der zahlreichen Hinweisschilder zu einem Wanderweg, der an einem Bach entlang in den Wald führt. Dort hoffe ich der Nässe entkommen zu können. Um bis dahin nicht völlig durchfeuchtet zu werden, binde ich mir das weiße Hotelhandtuch um den Kopf. Eine Zeit lang führt der Weg an der Straße entlang. Autos, die an mir vorbeifahren, drosseln unmerklich das Tempo, Augenpaare starren mich an. Dass meine Erscheinung höchst merkwürdig ist, wird mir zunächst nicht klar. Erst als ich mein Spiegelbild mit dem leuchtend weißen Turban in einer Pfütze erspähe, kann ich mir einen Reim darauf machen und nehme das Handtuch eine Weile wieder herunter. Zum Glück führt der Weg bald von der Straße weg über eine Wiese in bewaldetes Gebiet.

Kaum bin ich fünf Minuten durch den Wald gelaufen, weiß ich schon nicht mehr, wo ich bin, weder räumlich noch zeitlich. Wenn es einen Ruck im Universum gegeben hätte und ich in die Vergangenheit zurückgeschleudert worden wäre, wäre dies der Ort, an dem ich nichts davon bemerken würde. Kein herumliegender Müll, keine weggeworfene Tageszeitung gibt mir irgendeinen Anhaltspunkt. Und was sind das für Bäume? Sind es Nachfahren der Gewächse, die ich hier als Kind gesehen habe? Oder sind es dieselben? Kann man aus den Pilzen, die aussehen wie umgekehrte kleine Becher, auch trinken? Wie lange dauert die Waldwanderung noch? Warum spricht oder spielt niemand mit mir? Wie langweilig es ist!

Es greift nach mir, daran besteht kein Zweifel. Das Gestrüpp streckt seine zahllosen Finger nach mir aus. Ich blicke stur nach vorn, sehe aber in den Augenwinkeln genau, wie es sich bewegt. Sogar die vereinzelt von den Bäumen rieselnden Blätter finden ihren Weg direkt in mein Gesicht, statt einfach auf den Boden zu fallen. Ich sehe mich schon begraben unter einem Haufen Laub und beschleunige meine Schritte. Aus dem schnellen Gehen wird vorsichtiges Laufen und schon bald ein Rennen. Ich habe Angst. Die Bäume haben Augen, Hände, Arme, Gesichter. Sie können mich erreichen. Ich weiß es.

Bald erreiche ich eine Lichtung. Der Wald öffnet sich zu einem Park. Ich durchschreite eine Landschaft, die immer gepflegter wirkt, je weiter ich gehe, beinahe als hätten eben noch Gärtner das Laub geharkt. Rechts und links des Parks sehe ich jetzt Häuser, Pensionen und Hotels den Waldrand säumen. In der Mitte des ganzen Arrangements befindet sich eine Art Bühne in Form einer Muschel. Dahinter wieder ein Gebäude. Vieles scheint

hier außer Betrieb zu sein, aber so, als könnte es jederzeit wieder aus seinem Schlaf erweckt werden. Wie ein Jahrmarkt, der nur von Zeit zu Zeit geöffnet ist. Vor der Muschel könnten Stühle stehen. Es könnten Menschen hier sein. Warum gibt es keine Menschen? Ich schaue mir alles sehr lange an. Dann finde ich irgendwann einen Weg, der hinter den Gebäuden aus dem Park hinaus wieder in den Wald führt.
In Serpentinen geht es nun den Berg hoch. Noch kann ich nichts Besonderes erkennen, wieder nur eine Ansammlung von Häusern, die weiter oben am Hang nicht kleben bleiben wollten und deshalb weiter unten gelandet sind. Nach kurzer Zeit eine Gabelung. Ein Weg führt nach links in gerader Linie auf ein altes Gebäude zu.
Da ist er. Der Turm. Ich erkenne ihn wieder, obwohl ich ihn so wohl noch nie gesehen habe. So klein und ungefährlich. Dunkel und bedrohlich ragte er einst aus dem Gebäude heraus, an dem er nur ein kleiner Teil, eine Verzierung ist. In einem seit langem vergrabenen Teil meiner Erinnerungen stellt er das Zentrum der Macht dar, die Zelle des Bösen. Ich weiß nicht, was sich darin befindet, wovor genau ich mich fürchte, ich weiß nur, dass es da ist und mich daran hindert, glücklich zu sein. Dabei ist es noch nicht einmal ein Turm. Das, was dort zu sehen ist, ist allenfalls ein Türmchen. Mächtig aufgebläht nur von den Gefühlen des Achtjährigen, der ich einmal war.
Es riecht nach Moos und Pilzbefall, während ich eine lange, geschwungene Einfahrt hinaufgehe. Zu meiner Rechten befindet sich eine Mauer aus großen Bruchsteinen, in einiger Entfernung voraus kann ich ein schmie-

deeisernes Gitter sehen. Dahinter zeichnen sich die Umrisse eines Hauses ab, das aus dem gleichen Material besteht. Es ist deutlich älter als die anderen Gebäude und sieht aus wie eine Villa. Erker und Türmchen. Herrschaftsarchitektur. Aber was stellt es dar? Was ist seine Bestimmung? Es sollte spinnwebenverhangen hinter einer Mauer aus Dornengestrüpp seinem langsamen Verfall entgegengehen, stattdessen entdecke ich dort ein Schild: »Kinderferienhaus«.

Gleich daneben befindet sich im scharfen Kontrast ein neueres Gebäude aus den fünfziger, sechziger Jahren, ein Zweckbau ohne jede Verschnörkelung. Das Relief an der Frontseite illustriert seine Funktion: Auf dem Bild sind fünf Figuren zu sehen, eine junge Frau und vier Kinder, die sich an den Händen halten und eine Kette bilden. Die Frau in der Bildmitte trägt einen weiten Rock mit Verzierungen, höchstwahrscheinlich die hier übliche Tracht. Außen laufen zwei Mädchen, rechts die größere der beiden und insgesamt die Älteste. Sie hebt den linken Arm und scheint die Gruppe mit dieser Geste wie ein Schäfer zusammenhalten zu wollen. Das Mädchen auf der gegenüberliegenden Seite umfasst schüchtern die Hand der Frau. Im Zentrum des Bildes gehen die beiden Jungen. Einer von ihnen prescht mutig voran, der andere blickt freudig zu der Frau hinauf. Die Gruppe läuft im Sonnenschein einen Berg hinab.

Es ist die bildgewordene Zielvorstellung des Unternehmens Ferienheim und drückt nebenbei die Werte seiner Entstehungszeit aus. Die Mädchen lernen gerade, in die Mutterrolle hineinzuwachsen, während sich die Jungen für den Kampf rüsten. Die Erzieherin begleitet die Kinder mit liebevoll-besorgtem Blick.

Mich verstört der Imperativ, den das Relief ausstrahlt. So wie die Kinder von der Wand herunterlächeln, sind alle Anzeichen, welche die Idylle trüben könnten, ausgemerzt: schlechte Laune, Krankheit, Lebensuntüchtigkeit. Thomas Troppelmann würde nicht in diese Familie passen. Und nichts von dem, was er erlebt hat, passt in diese Szenerie. Es ist, als gäbe es hinter dem Bild ein zweites Bild, das niemand zu sehen bekommen soll.

»Du bist aus!«

»Was?«

»Eins, zwei, drei. Du bist aus! Wir sind noch drinnen, aber du bist aus!«

Mit dem Gefühl des Ausgezählten gehe ich weiter. Überall stehen antike Statuen. Wenn ich genauer hinschaue, entdecke ich hier und dort ein paar Spielgeräte auf dem Boden, aber Kinder sehe ich keine. Einmal blickt jemand aus dem Gang heraus in meine Richtung. Eine erwachsene Person, mehr ist nicht zu erkennen, und ich beeile mich, das Handtuch wieder von meinem Kopf verschwinden zu lassen. Ich fühle mich ertappt, und mein Herz rast, obwohl es keinen Grund dazu hat. Am liebsten würde ich in ein Gebüsch springen, doch ich gehe weiter um das Haus herum, als wäre ich ein ganz normaler Spaziergänger. Noch mehr Statuen, die im Halbkreis eine Terrasse säumen, von der aus man einen malerischen Blick über das Tal haben müsste, wenn etwas zu sehen wäre. Zwischen Parkplätzen und Wirtschaftshütten erstreckt sich ein weiterer kleiner Park, eine Kulturlandschaft mit kurz gemähtem Rasen und akkurat beschnittenen Gewächsen. Auch hier liegen ein paar Spielzeuge herum. Das ganze Gelände ist eingezäunt, ebenso wie das Stück frisch aufgerissener

Erde, das an diesen Park grenzt. Es sieht aus wie eine Wunde im Fleisch des Waldes, die das flächendeckende Grün lehmig und sandig unterbricht, und scheint ein Gehege für wilde Tiere zu sein. Raubtiere, Bären, die nicht zu den Menschen passen und ihnen gefährlich werden können, werden hier eingesperrt. Ein wohl beinahe sieben Meter hoher Zaun umgrenzt die Wunde so geschickt, dass man ihn nach Wiedereinsetzen des Grünwachstums kaum noch bemerken wird. Der Zaun, der die Kulturlandschaft umfasst, ist deutlich niedriger, aber ebenso geschickt zwischen Bäumen und Hecken versteckt und ähnlich deprimierend. Ein Zaun eben, verborgen oder nicht. Eine Grenze.

18

Ich schrumpfe zurück auf Kindergröße. Die Farne und Büsche werden riesig und die Bäume zu Giganten. Ich werde durch die Wälder getrieben, um gesund zu werden, zusammen mit anderen, die noch kränker sind als ich. Wir bilden Untergruppen. Asthma und Nichtasthma. Asthma ist ansteckend und darf Nichtasthma auf keinen Fall begegnen. Wenn es aus Zufall doch dazu kommt, werden die Gruppen schleunigst wieder auf Abstand gebracht. Dabei müssen die Gesünderen meistens in den Wald springen. Nach der Begegnung haben sie dann das Gefühl, ein Abenteuer erlebt zu haben.
Alles ist klar geordnet, eine eindeutige Hierarchie. Ganz oben die Gesunden. Die vorübergehend Kranken kommen vor den chronisch Kranken. Ganz unten die Bettnässer. Sie werden behandelt, als wäre ihr Problem eine Charakterschwäche, die nur durch drakonische Strafen behandelt werden kann. Hauptsache ist, die Kinder strikt voneinander zu trennen. Die Guten von den Schlechten, die Kranken von den Gesunden.

Bilder tauchen auf. Idyllische Bilder wie die von den Kindern, die einen Berg hinablaufen. Spielen im Park. Der Plumpsack geht um. Fangen, Verstecken. Die Bilder vermischen sich mit einem Gefühl von Einsamkeit und Heimweh und gehen über in andere Schauplätze. Das Gefangensein an einem dunklen Nachmittag bei starkem Regen. Der Geruch von Wachskreide und Plastikspielzeug. Die Zeit, die sich in die Endlosigkeit dehnt.
Eine andere Szene, ein anderes Bild. Die Jungs machen Witze über ihre Körper. Anlass zum Vergleich gibt ihnen die Langeweile und das Schlangestehen im Flur. Sie sind nackt, weil das Entkleiden im Arztzimmer zu viel Zeit kosten würde. Im Behandlungsraum erwartet sie ein Ungetüm von einem Spirometer. Ganz tiefes Ein- und Ausatmen. Ist das ein Wettbewerb? Außerdem eine Blutprobe. Doch beides ist nicht annähernd so schmerzhaft und demütigend wie der anschließende Einlauf, der von einer Krankenschwester verabreicht wird. Ein Trichter mit einem daran angebrachten roten Schlauch, schnell und ungefragt in den Arsch gerammt. »Stell dich nicht so an! Du willst doch gesund werden, oder nicht?« Für diese Behandlung gibt es keine medizinische Notwendigkeit. Vielmehr wird sie zur Disziplinierung eingesetzt. Kaltes klares Wasser, nur so aus Vorsicht oder als einleitende Entwürdigung.
Die Krankenschwester ist eine von denen, die später die Postkarten für mich schreiben wird. Sie ist das Gegenteil von dem Bild auf dem Relief. Eine Quelle der Angst.
»Mir geht es gut, wie geht es Euch? Das Wetter ist toll. Wir machen jeden Tag einen Ausflug und haben schon so viel erlebt.«

Um den Weg nicht zu verlieren, versuche ich die gleiche Strecke wieder zurückzugehen. Alles sieht sich so ähnlich. Grünbraune Suppe, vermischt mit Nebel. Die Farne wachsen wie im extremen Zeitraffer. Der Regen kommt jetzt mit einer beachtlichen Wucht über einen Berg gezogen und ergießt sich mit voller Kraft ins Tal. Ich bin bereit zur Flucht und laufe die Serpentinen hinab, um so schnell wie möglich irgendeinen Unterstand, vielleicht die Muschel oder eine Bushaltestelle, zu erreichen. Neben mir läuft eine freundliche junge Frau, links ein großer Junge und außen zwei Mädchen. Ihr auf einen Strich reduziertes Lächeln spornt mich zu besonderer Eile an. Wer weiß, vielleicht ist das hier ein Fluch, und ich werde im Tausch mit den Figuren den Rest meines Lebens als Reliefzeichnung auf der Gebäudefassade verbringen müssen, wenn ich ihnen nicht entkomme. Ich schlage einen Haken, stoppe kurz und hoffe, dass meine gruseligen Begleiter einfach weiterrennen, geradeaus ins Tal hinab.
Als ich den großen Park vor dem Wald erreiche, drehe ich mich um. Sie sind nicht mehr zu sehen. Auch der Wolkenbruch ist vorübergezogen. Tropfnass schleiche ich an der Muschel vorbei. Wenn das durch die tief hängenden Wolken fallende aschfahle Licht doch einmal aufhellt, erstrahlt die Landschaft in einem satten Grün. Ich verstecke mich tief in dieser Normalität. Ich möchte Teil einer Modelleisenbahn werden, in der die Züge immer im Kreis fahren. Wo morgens die Sonne auf- und abends die Straßenbeleuchtung angeht und es immer gemütlich riecht. Normale Familie, normale Kindheit, normale Karriere. Eine Normalität ohne den bedrohlichen Unterton der Ausgrenzung.

Aber genau in diesem Moment holen mich die Figuren wieder ein. Sie jagen mich tiefer und tiefer in den Wald. Schweißperlen bilden sich auf meiner Stirn. Samenkörner und Schmutz vermischen sich damit und fangen an zu jucken. Dornengestrüpp zerkratzt meine Haut. Von unten greifen Schlingpflanzen an, die sich um die Füße wickeln und mich festzuhalten versuchen. Ich reiße mir das Handtuch vom Kopf und versuche schneller zu sein als die Figuren. Nie könnte ich einer von ihnen sein, und wenn es möglich wäre, würde ich es nicht wollen.
Ich nehme meinen ganzen Mut zusammen und bleibe auf der Stelle stehen. Die Reliefzeichnungen laufen durch mich hindurch, als ob ich Luft wäre.

Als es mir endlich gelingt, dem Wald wieder zu entkommen, empfängt mich goldene Helligkeit. Ich werfe einen letzten Blick zurück. Hinter einem Baum tritt ein Junge hervor. Er trägt einen Verband um den Kopf wie ein Kriegsveteran mit einer Schussverletzung und ruft: »Halt, warte auf mich!« Kurz darauf ist er nur noch zehn Schritte von mir entfernt. »Ein Glück, dass du gekommen bist!« Er ist außer Atem und sieht krank aus. Er nimmt meine Hand, und wir gehen ein Stück zusammen.
»Wie ist es hier denn so?«, will ich wissen.
»Ach, am Anfang war es ganz spannend, aber dann habe ich mir beim Versteckspielen am Kopf wehgetan, und es war nicht mehr so toll. Dann hatte ich Heimweh und wollte nach Hause, aber das ging nicht. Und dann bin ich krank geworden.« Er bleibt plötzlich stehen und blickt mich an. »Du?«
»Ja?«
»Warum bin ich hier?«

»Weiß ich nicht. Wahrscheinlich weil du krank bist.«
»Und wann ist man krank?«
Ich betrachte ihn. Er ist blass, seine Schritte sind unsicher und seine Hand fühlt sich ganz heiß an. Wahrscheinlich hat er Fieber.
»Weiß ich auch nicht genau. Wenn man nicht mehr kann. Wenn es einem ganz schlecht geht. Wenn man sich ins Bett legen muss und so.«
Er nickt, läuft voraus und sammelt Stöcke auf, wobei er schon etwas sicherer wirkt als zuvor. Mehr und mehr scheint er sich zu erholen, läuft immer weiter voraus und wartet wieder kurz auf mich. Eine ganze Weile geht das so, Minuten, Stunden, Tage. Irgendwann ist er so weit vorausgelaufen, dass ich ihn aus den Augen verliere. Einmal sehe ich ihn noch hinter ein paar Bäumen hervorschauen. Noch einmal. Ich bin mir nicht sicher, ob er seinen Verband noch trägt. Er winkt mir kurz zu, dann ist er verschwunden.
Als ich an der Stelle ankomme, suche ich alles ab, kann ihn aber nicht mehr finden. Erschöpft setze ich mich auf eine Bank am Wegesrand, um mich kurz auszuruhen.

Als ich wieder aufwache, dämmert es bereits. In dem Handtuch, das zusammengerollt neben mir auf der Bank liegt, finde ich ein Zwei-Euro-Stück. Jemand muss mich für einen Bettler gehalten haben.
Ich atme die immer noch wässrige Luft und fühle mich erstaunlich gut. Dann stecke ich das Geld ein und mache mich auf den Weg zum Hotel.

19

Die Straßen kommen mir jetzt noch lebloser vor als heute Morgen. Aus dem einst blühenden Kurort scheint eine Geisterstadt geworden zu sein. Die Menschen, die einmal mit großen Hoffnungen ihre Vermögen investiert haben, um einen großen Reibach zu machen, zu einer Zeit, als der Kapitalismus noch Spaß gemacht hat, versuchen jetzt nur noch schlimmere Schicksalswendungen zu verhindern. Ihre Augen blitzen nicht mehr vor Gier und Aufregung, sie sind angefüllt mit Angst. Auch das »Hotel Krone« gaukelt den Luxus nur vor und bietet von allem zu wenig. Als ich davorstehe, verstecke ich das verdreckte Handtuch wieder unter dem Mantel und betrete den nur schwach beheizten Vorraum.

In der Empfangshalle stehen einige Leute herum. Sie sehen jetzt einen tropfnassen Penner eintreten, der sicher gleich von der Geschäftsleitung hinauskomplimentiert werden wird. Es sind lauter neue Gesichter im Raum, niemand, der schon gestern hier gewesen wäre. Selbst die Spinne wird heute an der Rezeption von einem dynamischen jungen Mann vertreten. Nur die Dame mit dem Louis-Vuitton-Täschchen entdecke ich im Gespräch mit einem beleibten Herrn. Sie scheint mich allerdings nicht mehr zu kennen, so als ob ich über Nacht eine andere Person geworden wäre. Da ich von niemandem daran gehindert werde, hole ich an der Rezeption meinen Schlüssel ab und gehe auf mein Zimmer.

Im Fernseher laufen wieder die Nachrichten. Ein Bericht über die Ausschreitungen in Hamburg. Der Wassermangel habe sich als bloßes Gerücht entpuppt, das allerdings zu einer Art Massenhysterie geführt habe. Es sei zu Rangeleien in den Supermärkten und zu vereinzelten Schlägereien gekommen. Schon kurz nachdem die Legende aufgekommen sei, habe es in den Supermarktregalen und Getränkemärkten kaum noch etwas zu kaufen gegeben. Die Leute hätten mehr gehortet, als sie in einem halben Jahr hätten verbrauchen können, und viele andere seien entsprechend leer ausgegangen. Die Idee vieler Hamburger, auf Alkohol – vorzugsweise Bier – umzusteigen, nachdem Softgetränke ebenfalls vom Markt waren, habe auch nicht gerade zur Entschärfung der Situation beigetragen.

Ein bloßes Gerücht also, über das mit einem amüsierten Unterton berichtet wird. Die Panik der Leute aber scheint real gewesen zu sein. Im Fernsehen sieht man ein etwa neunjähriges Mädchen, dem eine volle PET-Flasche aus der Hand gerissen wird, als sie daraus trinken will. Die ungefähr fünfzehnjährige Täterin geht achtlos weiter und leert das Diebesgut vor laufender Kamera. Ansonsten zeigen die Fernsehbilder protestierende Bürger, die ihren Unmut über die mangelhafte Wasserversorgung und die Informationspolitik der Regierung kundtun.

Und man bekommt immer wieder zu sehen, welche Folgen der sprunghaft angestiegene Bierkonsum hat. Alt und Jung, Hunde und Katzen, alles torkelt über die Mattscheibe. Im Mittelpunkt der Berichterstattung steht die Lächerlichkeit der Betrunkenen.
Ich würde gern Jimi anrufen, aber kann mein Handy nicht finden. Leider entfällt mangels Kleidung auch die Möglichkeit, mich umzuziehen und gepflegt wie ein normaler Mensch im Restaurant zu Abend zu essen. Ich muss also einfach so gehen, wie ich bin. Gestern noch hätte mir das etwas ausgemacht. Heute stolziere ich die Treppe in den Saal hinunter und ziehe eine Spur aus Wasserdunst hinter mir her wie eine Königin ihr Hochzeitskleid.
Die Bedienung ist ein kleiner schmaler Mann mit viel Gel im schwarzen Haar und einem dünnen Schnurrbart. Aufmerksam bringt er mir gleich ein Kissen, damit ich nicht friere (aber sicher auch damit der Bezug des Stuhls nicht leidet, auf dem ich sitze).
Nach der Essensbestellung frage ich nach der Sauna. »Selbstverständlich!« Ob ich wieder vorhätte, sie *nicht* zu benutzen? Er scheint immerhin Humor zu haben und fügt nach kurzem Überlegen hinzu: Man habe auf einer Parkbank am Dorfrand ein Handy gefunden. Ob das meines sei?
»O ja, das ist meins! Vielen Dank! Aber wie haben Sie das so schnell herausgefunden?«
»Ach, wissen Sie, irgendjemand hat Sie dort sitzen sehen und gemeint, dass Sie wohl nicht aus dem Dorf sein können, denn sonst hätte man Sie ja erkannt.« Da es zurzeit nur eine Handvoll Gäste im Ort gebe, sei es nicht schwer gewesen, mich ausfindig zu machen.

Es muss also doch aufgefallen sein, dass ein Verrückter mit Handtuch um den Kopf in den Bergen herumgelaufen ist.
Sogar ein Ladegerät ist der Kellner bereit, für mich aufzutreiben. Ich war noch nie so froh, ein langweiliges Handy zu besitzen.

Matthias wird langsam wieder nüchtern und hat eine traurige Nachricht zu überbringen: Hausmeister Schröter habe die Tür zum verbarrikadierten Büro schließlich doch aufgebrochen und dort eine halbtote Caren vorgefunden. Sie sei hinter ihrer Mauer aus Kakteen und Haaren ausgetrocknet wie eine vernachlässigte Zimmerpflanze. Der Notarzt habe etwas von dehydrierenden Medikamenten gemurmelt, die im Verbund mit Flüssigkeitsmangel lebensgefährlich werden könnten. Oder waren noch andere Mittel im Spiel?
Caren also war es, die sich im Büro eingemauert hat, nicht Martin, Dimitri oder Nick, denen ich dieses Schicksal gegönnt hätte. Über ihre Gründe, sich dort zu verschanzen, könne man nur spekulieren, nuschelt Matthias betroffen. Vielleicht seien ihr einfach alle nur auf die Nerven gegangen. Vielleicht sei ihr der ganze Stress mit Schröter, dem Rauswurf, den hysterischen und besoffenen Leuten um sie herum zu viel geworden. Er gehe sie nachher mal im Krankenhaus besuchen.
Ich glaube, Caren ist einfach anders als wir. Wenn es mir zu viel wird, haue ich ab, verstecke mich so wie jetzt und hoffe, dass es besser wird. Sie dagegen kann nur unter genau festgelegten Bedingungen existieren. Caren braucht einen bestimmten Ort, eine ausreichende

Menge Licht und Wasser wie eine Zimmerpflanze. Und wie eine solche bringt sie entweder Blüten hervor, oder sie stirbt ab. Jemanden wie Caren kann man nicht einfach umtopfen.

Das Handy vibriert. Ursula.

»Ein Glück, du lebst noch!«

»Natürlich, warum auch nicht?«

»Ich dachte nur, weil ihr da oben doch alle verdurstet.«

»Irgendetwas ist immer.«

»Sehr witzig. Eine typische Troppelmann-Antwort.«

»Es muss doch immer irgendwas los sein, damit die Medien was zum Berichten haben. Aber ich bin gar nicht in Hamburg, sondern in einem Hotel im Schwarzwald.«

»Ach so! Na, dann habe ich mir wohl umsonst Sorgen gemacht. Was tust du da?«

»Ich habe eine Mission beendet«, antworte ich mit ironischem Unterton, den sie aber nicht versteht.

»Eine Mission? Was war denn so wichtig?«

»Na, du hast mich doch selbst losgeschickt.« Ich muss sie erst daran erinnern, was sie mir an dem Abend in der Hamster Bar geraten hat.

»Du hast also eine Kur gemacht? Eine Therapie?«

»Nein ... nicht jetzt. Damals. Ach, ich weiß auch nicht ... Ich glaube, es war einfach gut für mich, herauszufinden, dass manche Dinge gleichzeitig von Bedeutung und unheimlich banal sein können.«

»Klingt banal«, witzelt Ursula. »Aber Hauptsache, es geht dir gut. Das ist doch so, oder? In diesem Punkt bist du dir sicher?«

»Na ja – ich kann es nicht beweisen. Aber ja. Ziemlich sicher.«

Ständig diese Frage nach dem Einfluss des Vergangenen. Was meine eigene Geschichte angeht, wird es mir immer ein Rätsel bleiben, was wichtig war und was nicht. Und das ist dann vielleicht das einzige und letzte Geheimnis, das ich mit ins Grab nehmen darf.

Solange alles gut geht, ist es nur ein Spiel. Wenn es nicht gut geht, hat man eben Pech gehabt. Dann wird man aussortiert und zur Seite gelegt. Je größer der Druck, desto höher der Ausschuss, aber Hauptsache, sonst läuft alles rund. In der Menge rechnet sich das. Jedenfalls für die meisten.
Ich weiß jetzt jedenfalls, welches Spiel ich auf keinen Fall mehr mitmachen will. Deshalb muss ich mir dringend was Neues suchen. Eine Zeit lang könnte ich der Kofferträger für Matthias sein, er hat schon öfter danach gefragt. Das würde nebenbei auch bedeuten, endlich mal wieder andere Länder zu sehen. In Ursulas Boombranche werden wohl kaum Grafiker gebraucht, aber vielleicht liegt ja Schröter mal was daran, sein Image aufzubessern. Abgesehen von dem schwierigen Untermieterverhältnis haben wir eigentlich immer einen guten Draht zueinander gehabt.

Der Fernseher versucht in der Ecke des Raumes noch immer Normalität herzustellen. Die Moderatorin prophezeit einen Anstieg der Geburtenrate in Hamburg im nächsten Spätsommer. Die Fernbedienung funktioniert wieder nicht. Ich gehe hin und ziehe den Stecker.

Ich liege mehr, als dass ich sitze. Der Boden des kleinen Zuges rappelt unter mir. Ich bin immer noch nicht wieder ich, und die Rückfahrt ist eine Tortur, aber wenigstens ist es eine Rückfahrt. Es ist niemand hier, und ich muss mir Spiele ausdenken, um die Zeit herumzubekommen. Welche Sachen sind grau, welche schwarz, welche rot? Gibt es einen Unterschied zwischen dem einen und dem anderen Rot? Die Räder der Bahn machen ein Geräusch, das aus mehreren Tönen besteht. Ich singe erst die hohen, dann die tieferen mit. Aus den drei Tönen kann man eine Melodie werden lassen. Nur noch ein paar Stunden. Wenn es noch drei Stunden sind, sind das insgesamt 180 Minuten, also 10.800 Sekunden. Nach dreihundert Sekunden gebe ich das Zählen aber wieder auf. Ich verlasse die Kur in einem schlimmeren Zustand, als ich gekommen bin, mit dem sicheren Gefühl, dass etwas ganz Grundsätzliches nicht stimmt. Dieser Zug wird wohl niemals irgendwo ankommen.